光文社文庫

文庫書下ろし／長編時代小説

忠治狩り

佐伯泰英

KOBUNSHA

光 文 社

この作品は光文社文庫のために書下ろされました。

目次

忠治狩り——夏目影二郎始末旅

序章

江戸に木枯らしが吹き荒れていた。

天保《てんぽう》十三年（一八四二）も残るところ一月を切り、夏目影二郎《えいじろう》はこのところ市ケ谷《いちがや》御門内《ごもんない》の練兵館神道無念流《しんとうむねんりゅう》斎藤弥九郎《やくろう》道場に朝稽古に通う日々を送っていた。

その日、浅草門前西仲町《にしなかまち》のあらし山に立ち寄ることなく市兵衛長屋に戻った。この数日はあらし山から道場に通い、長屋に戻ったのは二日ぶりのことだった。

木戸を潜《くぐ》ったのは昼過ぎのことだ。

風が幾分弱くなった長屋の陽だまりで飼い犬のあかがとぐろを巻いて小さくなっていた。

長屋の住人が陽だまりに筵《むしろ》を敷いてくれたらしい。

「あか、そなたも陽だまりが恋しいようになったか。年じゃな」

と声を掛けると、

じろり

と薄目を開けて尻尾をわずかに振った。その声を聞いたか、棒手振《ぼてふ》りの女房のおはるが顔を覗《のぞ》かせ、

「昨日からさ、何度か旦那を訪ねてきた人がいるよ」

「だれじゃな。心当たりはないが」

「道中合羽《どうちゅうがっぱ》に三度笠、長脇差《ながどす》をさ、腰にぶち込んだ渡世人《とせいにん》だよ。あんな恰好《かっこう》の人は江戸ではみかけないね」

影二郎は直《す》ぐに、

「国定忠治《くにさだちゅうじ》」

かと思った。だが、天下のお尋ね者の国定忠治が白昼堂々と江戸の町を歩けるわけもない。となると忠治の子分の蝮《まむし》の幸助《こうすけ》か。それにしても大胆なことよ、いよいよ関東取締出役《とりしまりしゅつやく》が忠治を追い詰めたかと影二郎は考えた。

夏目影二郎と天保の侠客《きょうかく》国定忠治は、

「付かず離れず」

の仲を保ち、助けたり助け合ったりしてきた間柄だ。

この秋も豆州《ずしゅう》下田湊《しもだみなと》から石廊崎《いろうざき》の遍路道で国定忠治一家の助けを借りたばかりだっ

た。

（なにが起こったか）

何度か昼前に顔を出したという渡世人は姿を見せなかった。

昼餉《ひるげ》を抜いていた影二郎は七つ半（午後五時）過ぎにあかを連れて長屋を出た。御厩《おんまや》河岸《がし》裏の三蔵《さんぞう》の飯屋にいくつもりだった。

すでに辺りには夕闇が降りていた。

御米蔵一番堀から冷たい風が影二郎とあかの主従に吹きつけてきた。その風に紛《まぎ》れるように一つの人影が影二郎の前に浮かび上がった。

忠治でも幸助でもなかった。見知らぬ渡世人だ。年の頃は三十三、四歳か、挙動も落ち着き、なかなかの貫禄だった。

足を止めた影二郎は相手が声を掛けるのを待った。

「夏目影二郎様にございますね」

「何度も長屋に顔を出したそうじゃな。無駄足を踏ませ、すまなかった」

「いいえ、わっしの勝手でございます。夏目様が詫びられる要はございません」

「おぬしは」

「へえ、上州無宿の六郷の参次《さんじ》と申す者にございます」

渡世人にしては丁寧な言葉遣いだった。

「そなた、国定村と関わりの者か」

「へえ、親分子分の盃は交したことはございませんが、縁あって忠治親分の世話になった者にございます」

しばし沈黙した影二郎は、

「飯屋に参るところだ、付き合え」

と命じた。参次が小さく頷《うなず》き、

「お供いたします」

と答えていた。

「お供もなにもざっかけねえ一膳飯屋だ。その分、気楽安心の煮売り酒場だ。よいか」

「へえ」

と相変わらず丁寧な返答だった。

三蔵の店はすでに土間から入れ込みの板の間まで客で込み合っていた。季節が深まり、寒さが募ったせいで酒客の来る刻限が早まったとみえる。

「南蛮の旦那、奥座敷でいいかえ」

と三蔵が言った。

「寒くはないか」

三蔵が奥座敷と称するのは大川の流れの上に手作りした川床《ゆか》だ。夏は簾《すだれ》をかけて風流だが、冬は厳しかろうと影二郎は思った。

「まあ、見てみなせえ」

三蔵の自慢げな言葉に影二郎は台所を抜けながら願った。

「親父、あかになんぞ食べさせてくれぬか」

「鮟鱇《あんこう》鍋の残りがあるがいいかねえ」

「犬が鮟鱇鍋か。水野様が聞かれたらあかは獄門台に首を晒すことになるぜ」

「鮟鱇鍋たって客が食った残りだ。それで首が飛ぶんならどうとでもしやがれってんだ。なあ、あか」

三蔵の啖呵《たんか》に六郷の参次が薄く笑った。

「親父に任す」

あかをその場に残して影二郎と参次は奥座敷に通った。すると造作《ぞうさく》して以来さらに手を加えたか、床には薄縁《うすべり》が敷かれ、小さいながら炬燵《こたつ》まで設《しつら》えてあった。そして、夏の間、簾が掛かっていた壁は板戸と障子が嵌《は》め込まれていた。

「驚いたな、えらく手を加えたものよ」

と影二郎が苦笑いして奥座敷に通った。

参次は三度笠と道中合羽を脱ぎ、裏を返した笠の中に丁寧に畳んだ合羽と長脇差を載せた。そして、後ろ帯にたくし込んだ袷《あわせ》の裾を下ろすと草鞋《わらじ》の紐を解き、手拭で旅の塵を落として奥座敷に上がってきた。

「そなた、お店《たな》にでも奉公したことがあるのか」

「家が機織《はたおり》問屋でございましてね、その昔は若旦那と呼ばれていたこともございます」

「なぜ若旦那の身分を捨てた」

「水野様の豪奢贅沢禁止令で機織屋に仕事が回ってこなくなりましてね、支払いに困った親父が焦って博打に手を出した。お定まりの潰れですよ」

「改革のお気持ちも分からんではないがこれだけ人間を苦しめてはのう、改革どころか改悪じゃな」

「旦那の親父様は大目付の要職にあられるそうな」

「そなた、おれの親父に縋《すが》るつもりでおれを訪ねたか。おれは妾腹《めかけばら》、役には立つまいぞ」

「いえ」

と参次が答えたところで三蔵の女房おくまが酒と肴を運んできた。

豆腐田楽と丸干し鰯《いわし》だ。焼いたばかりの鰯からは煙が立っている。

「おくま、夏とは様変わりじゃな。そのうち、亭主は違い棚付きの床の間を拵《こしら》えかねぬぞ」

「私はさ、お上《かみ》に目を付けられてもいけないからよしとけって言ったんですがね。酔った客に煽《おだ》てられてこの造作ですよ」

「悪くない」

「お縄になるのはうちらですよ」

とおくまが心配げな様子を見せて店に戻っていった。

「いける口か」

「へえ、嗜《たしな》む程度には」

「渡世人の口から嗜むなんぞが洩れるか」

苦笑いした影二郎は参次の盃に熱燗を満たした。

「恐れ入ります」

と両手で受けた参次が炬燵の上に置き、

「夏目様、お酌をさせて下せえ」

と影二郎の手から燗徳利を取ると代わって注《つ》いだ。

初めて顔を合わせた二人がゆっくりと熱燗に口を付けた。

「参次、用件を述べよ」

「へえ」

と答えた参次は飲み干した盃を炬燵の端に伏せた。

「夏目様は忠治親分の軍師と目された日光《にっこう》の円蔵《えんぞう》どんが八州《はっしゅう》様に捕らわれたことご存じでございますか」

「なんと、円蔵が捕まるまで追い込まれたか」

関東取締出役中川誠一郎《なかがわせいいちろう》、富田錠之助《とみたじょうのすけ》らの必死の追及を逃れてきた忠治一統だったが、ついに日光の円蔵が捕縛《ほばく》されたという。

水野忠邦は幕府の威信を立て直すために日光社参を翌春に計画していた。その前に上州のやくざ国定忠治をなんとしても捕縛する必要があったのだ。

「円蔵はどうなった」

「斬首《ざんしゅ》の上、梟首《きょうしゅ》にございます」

梟首とはさらし首のことだ。

ふうっ
と溜息を吐《つ》いた影二郎は、

「忠治はどうした」

「信濃《しなの》と越後《えちご》の国境《くにざかい》を封鎖された忠治親分は一味に金銭を分け与えて、奥州会津《おうしゅうあいづ》へと姿を消されました」

国定忠治の暗躍を支えていたのは
「盗区《とうく》」

と呼ばれる縄張りの人情だった。それを生み出したのは幕府の無為無策だ。盗区は幕府の威令を超えた自治州ともいうべき義理と任侠の世界だった。

「盗区を離れて厳寒の会津で独り旅をしておるか」

と呟いた影二郎は、

「参次、なんぞ忠治の伝言を持ってきたか」

「へえ」

「申せ」

「野暮は承知だが、豆州の貸しを取り立てたいと申されました」

参次は懐《ふところ》から手拭に包んだものを取り出して手拭をぱらりと払った。すると影二郎がよく承知の忠治愛用の銀煙管《ぎせる》が見えた。

「わっしが忠治親分の遣いという証拠にございます」

影二郎は銀煙管を摑《つか》むと、しばし沈思した。そして、参次に視線を向けた。

「そなた、道案内を致すか」

「へえっ」

「ならば明日の夕刻、戸田の渡し、羽黒権現宮《はぐろごんげんぐう》の境内《けいだい》でおれを待て」

「中山道《なかせんどう》の戸田の渡しにございますな」

訝《いぶか》しい表情で参次が問い返した。

「いかにも板橋宿外れの渡し場だ」

「承知致しました」

奥州路を目指すならば日光街道千住《せんじゅ》宿場が第一の宿、千住大橋が待ち合わせ場所だが、参次はそのことを重ねて問い返そうとはしなかった。ただ、会釈をして、
すすっ
と薄縁の上を後ろに下がると土間に降り、旅仕度を始めた。

第一話　円蔵の死

一

中山道板橋宿の外れ、戸田川の渡し口に夏目影二郎とあかの主従が到着したとき、板橋側からその日、最後の船が出ようとしていた。すでに戸田川土手を夕闇が覆っていたが、風はない。

水源は秩父入間川《いるまがわ》に発し、板橋、戸田の渡し場付近では戸田川と呼ばれ、さらに下流に達すると荒川、さらには隅田川とも称される。

影二郎が六郷の参次と再会を約したのは戸田の渡し場近くの羽黒権現宮だ。

着流しの肩に南蛮外衣《なんばんがいい》を掛けて一文字笠《いちもんじがさ》を被った影二郎は雪駄履きだ。腰には法城《ほうじょう》寺《じ》佐常《すけつね》が収まっていた。

先反佐常の異名を持つ大業物は、南北朝期の刀鍛冶が鍛えた薙刀を後に刃渡り二尺五寸三分のところで刀に鍛《う》ち変えた豪剣だ。反りが強いだけにこの大業物を遣いこなすには力と技が要った。それだけに巧者の手に掛かれば、凄まじい刃風で相手を斬撃する。だが、一見した影二郎の持ち物はそれだけで、とても奥州会津に旅する者の恰好ではなかった。

「おい、船頭、乗せてくれぬか」

影二郎の声に竿を手にした主船頭が、

「犬連れかえ、乗りなせえ」

と船縁《ふなべり》に竿を立てて船をしばし止めてくれた。すると船中から、

「船頭、急ぎの道中と申したぞ、船をさっさと出さぬか」

という声が命じた。

船の胴中に旅の武芸者風の数人がいて、車座になり酒を飲んでいた。相客はその一行を避けて、舳先《へさき》側と艫《とも》側に寄って身を寄せ合っていた。

「お客人、渡しは船頭の差配ですよ。仕舞い船の船中にまだ余裕もございますでな、乗せますぞ」

と主船頭が断り、影二郎に乗るように合図した。

「造作《ぞうさ》を掛けたな」

影二郎が乗り込もうとすると、ゆらりと武芸者の一団から立ち上がった者がいた。

熊皮の袖なし羽織に裁《た》っ付《つ》け袴《ばかま》、髭面の大男で手には七尺ほどの棒を携えていた。

諸国を行脚しながら道場破りなどで身過ぎ世過ぎを立てている連中だ。江戸に居づらくなったか、街道筋に稼ぎ場を移そうと渡し船に乗った風情だ。

髭面の大男が七尺棒の先で船着場の杭を突き、船頭に抗して船を押し出そうとした。

「客人、船は船頭が差配すると申しましたぜ」

と主船頭がもう一度注意した。

「船頭、黙って出さぬか」

低い声が命じてさらに七尺棒に体を伸《の》しかけて力を入れた。船が船着場をわずかに離れた。

影二郎が左肩に掛けた南蛮外衣の片襟を摑み、

ふわり

と抜き落とすように滑らせたのはその瞬間だ。

表地は黒羅紗《ラシャ》、裏地は猩々緋《しようじようひ》の南蛮外衣が影二郎の手の捻《ひね》りで広がりつつ、両裾に縫い込まれた二十匁《もんめ》の銀玉の一つが七尺の棒を絡め取って渡し場に跳ね飛ばし、支えを失った大男が渡し船と船着場との間に開いた流れに落下した。

どぼん！

と水音がして飛沫《しぶき》が大きく上がるのが船着場の篝火《かがりび》に見えた。

影二郎は何事もなかったように船に飛び、あかが続いた。

主船頭が心得て助っ人《すけと》船頭と一緒に竿を使い、船を流れに押し出した。

「船頭、仲間が落ちたのが見えぬか、船を戻せ」

連れが刀を手に立ち上がった。

「お侍、急ぎ旅じゃねえんで」

主船頭は平然としたものだ。

「仲間が水に落ちたと申したぞ」

一人の武芸者が腰を落として影二郎との間合いを計っている。だが、影二郎が手にした南蛮外衣が気になるのか刀を抜き打つのを躊躇《ためら》った。

「座らぬとそなたも戸田川で水浴をすることになるぞ」

と影二郎が言いながら車座の面々の傍らに南蛮外衣を投げて席を確保し、先反佐常を腰から抜いて座した。

「迫田《さこた》、そなた、そやつを許す気か」

一統の頭分《かしらぶん》が立ち上がったままの仲間を唆《そそのか》した。

「船中ゆえ我慢したまで」

と改めて船底に両足を踏ん張り、手にしていた刀を抜こうとした。

影二郎が未だ手にしていた佐常の鐺《こじり》で中腰の腹部を突き上げたのはその瞬間だ。目にも止まらぬ速さの攻撃に、両足を大きく虚空に上げた相手が流れに、
ざんぶ
と落水していった。

残った仲間が手に手に得物《えもの》を持つと、

「やりおったな！」

「流れに叩きこめ！」

といきり立った。

「お侍方、止《や》めておきなせえよ」

と主船頭がのんびりとした声で出鼻をくじくように言いかけた。

「おまえさん方の相手がだれか知らぬようだな。その昔、アサリ河岸《がし》の鏡新明智流《きようしんめいちりゆう》桃井春蔵《もものいしゆんぞう》の士学館道場でよ、位の桃井に鬼が棲むと評判をとった夏目影二郎様だぜ。おまえ様方の腕前じゃよ、反対に戸田川の流れに叩き込まれるのがおちだ。もう船は背

丈も届かねえ、深みに差し掛かった。泳いで板橋宿に戻りなさるか」

船頭の脅し文句に二人の仲間を流れに落とされた面々が動きを止めた。

「そうそう向こう岸に着くまで大人しくしなせえ。岸に着いてさ、なんぼ暴れようとアサリ河岸の鬼が相手しなさろうぜ」

と諭《さと》すように静かに言った。

「なにっ、アサリ河岸の鬼じゃと」

「確かに夏目影二郎か」

とぼそぼそ言い合う声がして急に武芸者らが黙り込んでその場に腰を下ろした。

あかがくるくると回ってその場に丸まった。

「それがいい」

「夏目様、旅なれた犬でございますな」

と主船頭が話しかけた。

「あかはその昔、利根川《とねがわ》に流されて死にかけていた仔犬でな。おれが拾い、道中を共にするようになったのだ。此度《こたび》、奥州路に旅する用が出来た、あかに故郷を見せるのも功徳《くどく》と思うたまでよ」

「なんとね、アサリ河岸の鬼の口から功徳なんて言葉が出ますかえ」

仕舞い船のせいか船頭の口は軽かった。

「そなた、おれを承知か」

「その昔、浅草界隈《かいわい》の賭場に出入りをして一端《いっぱし》の遊び人を気取っていたことがございましてね。その時分ですよ、気風《きっぷ》のいい若侍の遊び人を賭場で見かけたのはさ」

「おれの無法時代を承知の船頭の船に乗り合わせるとは世間は狭いな」

「なんでも影二郎さんは島流しに遭ったなんて噂を聞きましたが、嘘でございましたか」

「互いにあの頃のことを思うとお天道様にまともに顔向けはできないな」

と影二郎は船頭の話の矛先を微妙にずらして苦笑いした。

大身《たいしん》旗本常磐豊後守秀信《ときわぶんごのかみひでのぶ》が浅草門前西仲町の料理茶屋嵐山《らんざん》の一人娘のみつを見初め、ねんごろになって生まれたのが瑛二郎《えいじろう》だった。妾腹の子ゆえ常磐家を慮《おもんぱか》って秀信の実家の姓の夏目を継いで名は瑛二郎と名付けられた。

秀信は常磐家の婿養子だったのだ。

妾腹ながら瑛二郎は侍の子として育てられたが、実母みつの急逝が運命を狂わせる。瑛二郎は旗本寄合席《よりあいせき》三千二百石、常磐家に引取られ、継母の鈴女の下、異母兄らと暮らすことになった。だが、家付きの鈴女は秀信が外で生ませた子、瑛二郎を許すわけもなく異母兄らとの折り合いも悪く、瑛二郎は常磐家を飛び出すと西仲町のみつの実家の嵐山に戻った。

その折、瑛二郎は自ら影二郎と改名した。

実家が有名な料理茶屋で金には困らなかったし、腕っ節はアサリ河岸の鏡新明智流士学館仕込みだ。直ぐに浅草一円に、

「アサリ河岸の鬼」

の名は知れ渡った。

賭場に出入り、やくざと争う無頼の道を突っ走ったのは常磐家の中の父秀信の姿に幻滅を感じたことも一因だった。

ともかく一端の兄貴分に伸し上がり、吉原の局《つぼね》女郎の萌《もえ》と二世《にせ》を誓う仲にもなっていた。

そんな無頼の道をひた走る影二郎だったが、アサリ河岸には足繁く通い、剣術の道に精進することを忘れなかった。

師匠の桃井春蔵は影二郎の無頼を黙ってみていたが、あるとき、秀信を通して春蔵の妹と所帯を持ち、士学館を継がぬかと打診してきた。

だが、影二郎にはすでに萌がいた。

アサリ河岸の鬼は士学館の門弟を辞した。

そんな折だ。

萌の美貌に目を付けた、十手《じって》持ちとやくざ稼業の二足の草鞋を履く聖天《しょうでん》の仏七《ぶっしち》が妓楼と謀り、言葉巧みに萌を落籍《ひか》して自分の女にしようとした。

萌は身請けした相手が影二郎ではないと知ったとき、自ら喉を簪《かんざし》の先で突いて自殺した。

それを知った影二郎は賭場帰りの仏七を襲い、叩き斬って萌の仇を討ったが伝馬町の牢に繋《つな》がれることになる。

折も折、無役だった常磐秀信に大役が下った。

勘定奉行公事方《くじかた》への就任である。

この職掌、関東取締出役《かんとうとりしまりしゅつやく》、俗に、

「八州廻り」

として知られた役人を監督する役を負っていた。

天保期、関八州《かん》の治安は乱れ、田畑を捨てた百姓が棄民《きみん》や渡世人になって街道を流れ歩いて無法を働いた。それを取り締まるために老中支配下の勘定奉行公事方に、

「関東取締出役」

制度を設けたのだ。

この役職、関八州内で悪さを働いた人間を江戸府内、幕府直轄領、大名領を問わず追《つい》捕《ぶ》して捕縛する権限を有していた。同時にこの役職に就けられたのは代官所の手代らで身分も低く、俸給も少なかった。八州廻りに課せられたのは国定忠治に代表される渡世人らが勝手放題に暴れ回る自治地域、いわゆる盗区の奪還だった。それが俸給も少なく身分の低い八州廻りの矜持《きょうじ》だった。

だが、「悪人」を取り締まるべき八州廻りが盗区の悪弊に染まり、職掌を利用して金儲けに走り始めた。

そんな最中の常磐秀信の勘定奉行公事方の就任である。

秀信は密かに伝馬町の牢屋敷から影二郎を外に出すと、腐敗した八州廻りの火野初蔵《ひのはつぞう》ら六人を始末させることにした。

父は倅《せがれ》を使い、

「毒をもって毒を制す」

ことを画策したのだ。

意表を突く大胆な常磐秀信の手並みと影二郎の凄腕に目を付けたのが老中首座の水野忠邦だ。忠邦は難航する天保の改革を成功させるために親子を密かに利用することにした。

数年の歳月が過ぎた。

秀信は忠邦の忠臣として大目付筆頭の要職に昇り詰め、影二郎は影御用《かげ》を相変わらず続けていた。

「船が戸田河岸に着いたぞ」

と助っ人船頭が呼ばわり、舫《もや》い綱を持って岸辺に飛んだ。

すでに戸田河岸には夜の闇が訪れていたが、船着場付近は篝火の明かりで照らし出されていた。

乗合船から最初に飛び下りたのは二人を川に落とされた武芸者の残党だ。

「お侍よ、仲間と出会いたければ明日まで待つことだな」

と主船頭の言葉に返事を返そうともせず、四人はさっさと土手を上がっていった。船頭と影二郎の会話に戦う意欲を失ったようだ。

「仲間を待つくらいの人情もないのかねえ」

と主船頭が影二郎に苦笑いした。

「そんなものがあるものか。あの連中が群れておる理由《わけ》は利欲だけじゃぞ」

「違いねえ」

と答えた主船頭が、

「夏目様よ、奥州路は雪だぞ、その恰好で旅立たれるか」

と木枯らしが吹く北の夜空を見上げた。

「身一つがおれとあかの旅だ」

と影二郎が答え、乗合船から最後に降りた。すると河原に六郷の参次の姿があった。

「羽黒権現で待ちくたびれて渡し場までやってきました」

「参次、ご苦労であったな」

と応じる影二郎の背から主船頭が、

「なんだ、兄いは夏目様を待っておられたか。昼過ぎからご苦労なことでしたな」

と参次が長いこと河原で待っていたことを告げた。

「夏目様、夜旅にございますか」

もはや暮れ六つは過ぎてどこの旅籠《はたご》も夕餉の刻限を終えていた。

「いや、会津は遠い。ゆるゆると参ろうか」

と答えた影二郎の足は土手には向かわず枯れ葦《あし》の河原を下流へと下っていく。奥州路会津に旅しようというのに中山道の渡し場で待つように命じた影二郎に逆らっても仕方がないと思ったのか、参次が黙って従った。

影二郎は乗合船の船中から河原に点《とも》る明かりを目に留めていた。暗闇の道をしばらく下ると果たして土手下に明かりが点るのが見えた。

「知り合いでございますか」

「善根宿《ぜんこんやど》か、流れ宿《ぐやど》と見た」

囲炉裏で燃やされる薪《たきぎ》と食べ物の匂いが薄く漂ってきた。

「ご免」

と影二郎が声を掛けて流木で作られた小屋の扉を押した。すると土間と板の間だけの空間に十数人の男女がいて、板の間に切り込まれた囲炉裏端で丼を抱えて雑炊のようなものを掻き込む物貰い、どぶろくを茶碗で飲む舞々《まいまい》（旅芸人）などが一斉に新しい訪問者を見た。

小屋には暖気と一緒に異臭が漂っていた。

「許せ、一夜の宿を願いたい」

平然とした影二郎の言葉に蓬髪《ほうはつ》の老婆が土間の暗がりから出てきた。

「お侍、蕨宿《わらびじゆく》はそう遠くはねえ」

「断ると申すか」

影二郎は一文字笠を脱ぐと裏を返して、

「お婆、見えるか」

と差し出した。そこには梵字《ぼんじ》で、

「江戸鳥越《とりごえ》住人之許《これをゆるす》」

と隠し文字が書かれてあった。

「こりゃなんだな、お侍」

と老婆は字が読めぬか、影二郎の顔を見た。

瑛二郎が父に貰った名を捨て、影二郎と改名したことを知った浅草弾左衛門《だんざえもん》が、

「夏目様もわれらと同じく影の世界に生きられますか。ならばこれを」

と長吏、座頭、猿楽、陰陽師など二十九職を司る頭分が贈ってくれたものだ。それは言わば闇の世界を旅する者の道中手形というべきものである。

「暗うて読めぬか」

と言う影二郎に老婆が、

「字が読めるようなれば流れ宿の女主なんぞやるものか」

と吐き捨てた。その悪態に、

「おっ母さん、なんだね」

と竈《かまど》の前の暗がりにしゃがみこんでいた男が火吹き竹を手に影二郎の差し出す一文

字笠を覗き込み、ごくり、と唾を飲み込んだ。そして、

「おっ母さん、われらのお仲間じゃぞ」

と倅が母親に囁《ささや》いた。

「仲間とな」

「浅草弾左衛門様の知り合いじゃ」

老婆もごくりと唾を飲んで影二郎を見直した。

「犬連れじゃ。なんでもよい、残りものを与えてくれぬか」

「承知しました」

と倅が答えていた。

「われらにはどぶろくを馳走してくれ」

影二郎は未だぽかんとして影二郎の顔を見詰める老婆の手に一分金を握らせた。

「気に入ればしばらく逗留するやもしれぬ」

影二郎はそういうと腰から法城寺佐常を抜き、南蛮外衣に包んで一文字笠に載せ、

「相客を願おうか」

と板の間に上がった。

参次は流れ宿に泊まるのは初めてか、未だ戸惑いの表情を見せて土間に立っていた。

「参次、上がれ」

影二郎に促されて三度笠をようやく脱いだ。

「お侍、こっちに座りなせえ」

と物貰いが場を空けた。

「遅く着いた詫びにどぶろくを馳走したい」

という影二郎の言葉に囲炉裏端からわあっという歓声が上がった。

二

翌朝七つ、流れ宿から泊まり客の多くが旅立った。残ったのは影二郎、参次、あかの組だけだ。

「お婆、気に入った。しばらく逗留致す」

と七つ半過ぎに目覚めた影二郎は囲炉裏端でぼりぼりと道中着の襟の間に片手を突っ込み、あちらこちらを掻く参次に、

「よう寝られたか」

「だれぞが蚤《のみ》を移しやがった、とても寝てなんていられませんや。夏目様、よう眠るこ

言い残すとふらりと流れ宿を出ていった。

「それは往生致したな」

影二郎は渋茶を喫すると、ちと出てくると参次にともなく流れ宿の親子にともなく言い残すとふらりと流れ宿を出ていった。

その後姿にあかが従い、参次が恨めしそうに見送った。

影二郎が行った先は戸田の渡し場だ。

渡し船は明け六つに一番船が出る。大宮宿か浦和宿を七つ立ちしてきた旅人が船に乗り、江戸に向かうために出船の刻限を待ち受けていた。

「おや、夏目様、会津に旅立たれたわけではないんで」

昨夜の主船頭が船小屋の前で焚き火に当たりながら声を掛けてきた。

「そなたに奥州路は寒いと聞いてからどうしたものかと迷いが出た」

と答えた影二郎は、

「継飛脚《つぎびきやく》はまだじゃな」

幕府の公用文書を運ぶ飛脚を継飛脚と呼ぶ。

各地の幕府直轄領の代官所や佐渡奉行所からの書状を運ぶ継飛脚は戸田の渡しの出船ぎりぎりに飛び乗ってくるのが慣わしだ。飛脚にとって待つということくらい無駄はないのだ。

「まだでございますよ」

「着いたら教えてくれぬか」

影二郎は焚き火の前にあった流木に腰を下ろすと腰の矢立《やたて》を出して懐紙にさらさらと何事か記して封をした。宛先を書いた頃合、かたかたと革籠《かわご》の音が河原に響いて継飛脚二人が渡し場に下りてきた。大事な公用文書だ、一人になにがあってもいいように継飛脚は二人で行動した。

「夏目様、参りましたぜ」

主船頭が焚き火の前から腰を上げ、飛脚屋さんよ、と呼ばわった。

「武州《ぶしゅう》、またぐらを暖める時間があるというか」

継飛脚二人が御状箱とも呼ばれる革籠を担いで焚き火に駆け寄ってきた。

「いや、この客人が文《ふみ》を頼みたいとよ」

「武州、寝ぼけてねえか。おれは老中様の証文付の革籠飛脚だぜ」

影二郎がその鼻面に記したばかりの書状を差し出した。

「浪人さんよ」

と言いながらふと書状の宛先に目を止めた継飛脚が、ごくりと唾を飲み込んだ。

「酒手《さかて》だ、取っておけ」

「へっ、へい」

と答えた継飛脚が文と一緒に酒代を受け取り、その傍らから主船頭が、

「一番渡しが出るぞ！」

と呼ばわった。

影二郎はこの日、暮れ六つまで戸田の渡しの焚き火の番をして時を過ごした。翌日もまた同じことが繰り返され、その夕方近くに板橋側からの渡し船を下りた継飛脚が影二郎に書状を渡していった。

その日、流れ宿に戻った影二郎がうんざりとした顔付きの六郷の参次に、

「そろそろ神輿《みこし》を上げようか」

「おっ、出立なさるので」

「参る」

と答えた影二郎は、

「お婆、世話になったな」

と何がしかの銭を渡すとその足で流れ宿を出ていこうとした。

「えっ、夜旅にございますか」

参次が慌てて旅仕度を抱えて土間に飛び下り、草鞋を履いた。

三度笠に道中合羽を身に着けた参次が先行する影二郎とあかに追いついたのは戸田川の土手だ。

「このまま中山道を進まれますので」

「五街道、遠回りを気にせねばどこにも通じておるわ。参次、朝立ちがよかったか」

「いえ、今晩も蚤、しらみに体じゅうを集《たか》られることを考えますと夜旅はなんぼか爽やかにございますよ」

「渡世人がなんとか板に付いたようだが、尻っぺたには機織問屋の若旦那のおごりを残しておるかな」

「夏目様に比べるとやわにございましたな」

参次が苦笑いした。

「どこであのような暮らしに慣れられたんで」

「伝馬町の牢に比べれば流れ宿など極楽よ」

「夏目様は伝馬町の牢役人を勤められましたか」

「参次、しっかりしねえ。流れ宿を泊まり歩くにはそれなりの理由があるものさ。牢役人ではない。江戸で十手持ちとやくざの二足草鞋を履くげじげじ野郎を叩き斬って牢屋でもないわ」

敷につながれたのだ。流人船を怯えて待つ身の囚人の辛さに比べれば蚤やしらみはなん

「夏目影二郎様がでございますか」

「忠治は話さなかったか」

「このところ忠治親分には他人様《ひとさま》のことをあれこれ考える暇はござんせんので」

「違いない。おのれの首が飛ぼうという最中だものな」

と言いながらも影二郎の足の運びは早かった。それに合わせて道中合羽に身を包んだ参次も進む。そして、その後ろからあかが黙々と従った。

影二郎らは蕨、浦和、大宮、上尾《あげお》、桶川《おけがわ》と歩を止めることなく進み、朝餉と昼餉を兼ねた食事を摂ろうと街道の一膳飯屋に入ったのは鴻巣《こうのす》宿だ。

戸田の渡しからなんと九里二十数丁もあった。

わずか半刻で飯を掻き込んだ影二郎ら一行は再び街道に出た。

鴻巣宿から熊谷《くまがや》宿まで四里六丁と四十間、さらに深谷《ふかや》へ二里二十七丁と歩き続け、参次の足が鈍りだした。

「音《ね》を上げたか」

「いえ、わっしは大丈夫でございますよ」

「ならば進む」

影二郎の返答に参次が思わず大きな溜息を吐き、あかが道端で小便を長々とした。再び日が落ちての道中だ。

深谷から本庄《ほんじょう》、新町《しんまち》、倉賀野《くらがの》と進んだところで中山道は日光例幣使《れいへいし》街道の分岐に達する。日光を目指すならば倉賀野から利根川を渡って太田、足利《あしかが》に向かうほうが近道だし、楽だった。

だが、影二郎はさらに中山道を高崎宿まで一気に歩き抜いた。

八万二千石の譜代《ふだい》大名松平右京亮《うきょうのすけ》の支配する城下は江戸から二十六里十五丁ほどあった。ほぼ一昼夜で一行は戸田川の流れ宿から二十四里を踏破したことになる。

明け方、客が出立した旅籠山口屋文蔵方にふらりと入った影二郎が、

「許せ、ちと休ませてくれぬか」

と願ったとき、参次ががっくりと旅籠の上《あ》がり框《がまち》に腰を落とし、あかも土間の隅に座り込んでぜいぜいと荒い息を吐いていた。

影二郎だけが平然として応対に出た番頭に、

「朝湯を使わせてくれる湯屋はないか」

と聞いた。

「夜旅をして参られた様子ですね」

「連れを見れば分かろう。戸田の渡しから一気に来た」

「呆れましたな。江戸ではございません、朝湯なんぞする湯屋はございません。もし、旦那が薪代を払って下さるのなればうちで湯を沸かさせます」

「そう願おう。犬にも滋養がつきそうなものを与えてくれぬか」

「猪肉《しし》がございます」

「よいな。われらにも猪鍋を馳走してくれ。番頭、預けておく」

と影二郎は一両を前払いした。

「直ぐに湯の仕度をさせますでな、お犬様にも馳走を食わせますぞ」

番頭が張り切って帳場の奥へと飛んで消えた。

半刻後、影二郎は湯船の中から参次が糠袋《ぬかぶくろ》でごしごし蚤に食われた体を擦《す》り上げているのを見ていた。

「そう擦り上げるとかゆみがひどくなるぞ」

「我慢できませんので」

陶然とした顔付きの参次の五体は引き締まっていた。

「そなた、剣術の心得がありそうだな」

「上州は剣術《やっとう》が盛んでしてな、わっしは餓鬼の頃から町道場で竹刀《しない》を振り回しておりましたんで。家業が潰れたとき、やくざになると決心したのは腕に覚えがあったからですよ。ですが、素人の遊びだったってことを渡世人になって思い知らされました」

「そうとも思えぬな」

影二郎は参次より一足先に湯を出ると番頭を摑まえ、

「人を雇えぬか」

「どちらへ使いを出されるので」

「国定村じゃ」

番頭が影二郎の顔を見上げた。

「おれか、八州廻りの手先ではない、案じるな」

「どなた様で」

「忠治の知り合いだ」

「旦那はもしや八州廻りの火野初蔵ら六人を始末なされた夏目影二郎様ではございますまいな」

「いかにも夏目影二郎だ」

「南蛮合羽を見たとき、気付くべきでしたな。また八州狩りの旅でございますか」

と番頭が今度は勢いづいた。上州の人間にとって国定忠治と一統はただのやくざ者ではない、義賊だ。

「そうそう関東取締出役を叩き殺してはこちらの身が危ないわ。日光の円蔵が八州狩りに捕まって晒し首になったと江戸で聞いた」

番頭が首を竦《すく》めて頷いた。

「忠治が独り旅で奥州会津路に逃げたという噂だ。噂に惑わされると無駄を致すことになる。もしや国定村から赤城山界隈に隠れ潜《ひそ》んでおるやも知れぬ、と思うたのだ。国定村には忠治の叔父、長岡の久左衛門《きゅうざえもん》がおるでな、真相を問い合わせたいのだ」

「承知致しました」

「文を書く、急ぎ届けさせてくれ」

「今晩じゅうには返事を貰ってこさせます」

と番頭が請合い、影二郎は囲炉裏端で手紙を書いた。封をしたとき、湯あたりしたような顔で参次が姿を見せた。

「糠袋でこすり始めるときりがございませんで」

「申したろうが」

と応じた影二郎が駄賃を添えて文を番頭に渡した。それを見ながら参次はなにも聞かなかった。

酒が運ばれてきた。

濁り酒ではない、下り酒だ。

囲炉裏の自在鉤に猪鍋も掛けられた。

茶碗をもらった影二郎はまず参次に酌をした。

「夏目様にお酌をして頂くなんぞ恐縮にございます」

と参次が受けた。

「一杯目だけだ、あとは手酌でよいな」

「へえ」

茶碗酒を注ぎ合った二人は冷や酒を口に含んだ。湯上りの喉になんとも心地よい冷たさだ。

「生き返りました」

「参次、よう歩き通したな」

「わっしら渡世人は街道がねぐらにございます。一端《いっぱし》の渡世人のつもりでおりましたが夏目様の足には敵《かな》いませぬ。こればかりは伝馬町では覚えられますまい」

「足ばかりはのう」

「高崎城下には泊まられますか」

「どうしてそう思うな」

「使いを出された様子でございますな、それでお尋ね申しました」

「今夜には泊まるか出立するか判明致そう」

と影二郎は答えると口を噤《つぐ》んだ。

遅い朝餉を摂った影二郎と参次は二階の角部屋で夕方まで仮眠に就いた。参次は体が温まったせいで蚤に食われた跡が痒くなったか、ぼりぼりといつまでも掻いていた。

影二郎はその気配をよそに眠りに落ちた。眠りのなかで参次が起きたのを察していた。

夕暮れ前の刻限、目を覚ましてみると隣で参次がぐっすりと眠っていた。

影二郎は囲炉裏端に下りた。すると高崎城下から国定村まで往復した使いが戻っていた。

「夏目様、およそのことが分かりましたぞ」

と番頭が使いを影二郎に紹介した。囲炉裏端には三人しかいなかった。

「申せ」

「へえ、忠治親分は国定村にも赤城山にもおられませんそうな、叔父御の久左衛門旦那が夏目様にしかと申し伝えてくれと言われました」

「ほかに久左衛門どのは申されなかったか」

「夏目様なれば言葉にせずとも親分の行き先はお分かりになろうと言われました」

「言葉にせずとも分かるとな」

「夏目様が考えたとおりに旅をなされませと最後に言い足されましたぞ」

影二郎が思案する囲炉裏端に参次が、

「よう眠り込んでしまいました」

と言いながら姿を出した。

「ご苦労だったな」

と使いを放免した影二郎が、

「明日立つ」

と宣告した。

「どの道を通られますな。雪がちらちらと舞い始めましたでお尋ね申します」

「そうじゃな、足の向くまま気の向くままと言いたいが、そなたにも覚悟はいろう。やはり渋川から沼田を経て、白沢《しらさわ》村、利根村、片品村から金精《こんせい》峠越えで日光に入ろうかと思う」

「一番雪が深い街道にございますな。雪の中、峠を越えられますか」

「雪との競《きそ》いかのう。そなた、歩いたことがあるか」

「いえ、金精峠で下野《しもつけ》に越えたことはございません」

と参次が言った。

「何年も前、銅山《どうざん》街道であかと一緒に日光宿に抜けたことはある。だが、金精峠越えは初めてじゃな」

「夏目様はあれこれと旅をしておいでだ」

「おれが伝馬町の牢屋敷を放逐になり、八州廻りの火野初蔵らを始末する旅に出た折のことよ」

参次は八州廻りを始末したと平然と話す影二郎を驚異の目で見たが、なにも言わなかった。

「参次、幕府では来春日光社参を挙行なさる。忠治がこの社参道中に殴り込むとの噂が絶えぬが、そなた、どう思う」

「どう思うと申されましても、ただ今の忠治親分にはその力はございますまい」

「此度軍師の日光の円蔵が討たれ、その前には三木の文蔵、神崎《こうざき》友五郎、八寸《はちす》の才市ら忠治股肱《ここう》の子分が哀れ刑場の露と消えた。もはや忠治には頼りになる子分は残っていまい」

「残念ながら」

と参次が言ったとき、部屋から相客たちが囲炉裏端に姿を見せた。

「日光を抜けますので」

「参次、おまえは未だあやつをしかと知らぬ。あやつが社参の行列に突っ込む気持ちなれば一人でも突っ込む男よ」

と影二郎が小声で言った。

「親分が斬り死にすると仰《おつしや》るので」

「あやつは死に場所を探しておる」

「それが社参と申されるのでございますか」

「あやつの気持ち次第よ」

「日光に行けば分かりますか」

「知らぬ土地ではないでな」

とこの話題に蓋をするように影二郎は、

「番頭、酒をくれぬか」

と帳場に叫んでいた。

三

翌日、旅人の慣わしに従い、あかを伴った影二郎と参次は山口屋文蔵方を七つに出立した。

上州名物の空っ風が吹いていたが、夜の間舞っていた雪は幸いなことに止んでいた。

参次は三度笠を被り、道中合羽を体に巻き付けるようにして長脇差を胸前で両手に抱いての旅だ。

影二郎は相も変わらず左肩に南蛮外衣を掛け、着流しに一文字笠だけを被った旅姿だ。

まず一行は渋川、沼田と越後に抜ける旅人が目指す三国《みくに》街道をひたひたと進んだ。

渋川宿を通過するとき、うっすらと夜が明けた。さらに三里十数丁先の沼田まで一気に進んだ影二郎らは日光へ向う沼田街道との分岐、追分に見つけた飯屋に足を止めた。

土間にも板の間にも囲炉裏の火があかあかと燃えて客を迎えていた。

三国峠を越えてきた旅人が体に雪を纏《まと》って軒下で雪を払い落とすと飯屋に飛び込んできてそんな囲炉裏の火にかじりつく。がたがたと震えて鳴る歯が三国峠の寒さを示していた。

影二郎らも応対に出た姐《ねえ》さんに、

「すまぬが連れの犬に朝飯を与えてくれぬか」

と願って草鞋を脱ぎ、囲炉裏端に席を占めた。隣で参次が、
ふうっ
と小さく息を吐いた。

「どうした」

「山は寒うございましょうね」

「寒かろうな」

「浪人さん方はこれから三国峠を越えて越後に行かれるかね」

山歩きで雪焼けしたような面構えの年寄りが影二郎に聞いた。板の間の奥にも座敷があってその囲炉裏には髭面の男が一人で酒を飲んでいた。鹿皮の袖なしを着ているところを見ると猟師か杣人《そまびと》か。

「いや、われらは沼田街道から白根山《しらねさん》の北麓を抜けて日光湯元に出るのだ」

「まあ、なんと酔狂なこって。八州様に追われる忠治親分くらいしかこの時節の金精峠越えはやんねえな」

と呆れた。

「江戸者は酔狂人でな」

「酔狂で死んじゃ元も子もねえよ」

いかにもさようかな、と笑った影二郎が、

「そなた、この節、雪の峠を越えるのは国定忠治くらいと申したが、近頃忠治が通り抜けた気配があるのか」

「おまえ様、八州様と関わりの者かえ」

年寄りが警戒の色を見せた。

「犬と渡世人を連れた浪人が関東取締出役と関わりがあると申すか」

「まあ、風体も風体、八州様ではないな」

と答えた年寄りが、

「今から何年前か子犬を連れた浪人さんが上州路をよ、不正を働いた八州様を始末されて歩かれたことがあるが、まさかおまえ様ではあるまいな」

と問い質した。

「さあてのう」

影二郎は曖昧《あいまい》に返事をしたが年寄りは独り合点して、

「また八州狩りの旅かえ、浪人さん」

と聞いた。

「関東代官羽倉外記《はくらげき》様はなかなかの人物、その支配下の富田錠之助どのも中川誠一郎どのも清廉な役人と聞いておる」

「おまえ様が始末せぬともよいと申されるか」

「老人、おれは世間の噂を口にしただけだ」

「噂に惑わされて忠治親分が赤城山界隈に潜伏しておると確かめに参られたか」

「風説によれば日光の円蔵が八州様に捕まって斬首された後、忠治は奥会津に独り抜けたと聞いたがな」

「わしも聞いた。浪人さんは信用ならねえと確かめに来られたか」

「酔狂でな」

影二郎はあかにえさを与える姐さんに酒を所望した。

「にごり酒だがよいか」

「かまわぬ」

影二郎は参次の顔を見た。

「朝の間、酒を飲みますと街道に出た折に腹が冷えます。よしておきましょう」

と断った。

「どんぶり酒だよ」

と姐さんが丼に白く濁った酒を注いできた。

「こちらには膳を持ってきていいかね」

と参次の横顔を見惚れるように眺めた。

「姐さん、面がいいからと旅人に惚れるとあとで泣く目に遭うぜ」

「浪人さんよ、そんな年じゃねえよ。どこかで見た顔だと思うただけだ」

「姐さんの昔、惚れた男に似ておるか」

「浪人さん、そんな色っぽい話じゃねえよ。ただどこかで見かけた面と思うたが思い出せねえ」

と答えた姐さんが膳を用意するために立とうとした。

「姐さん、握り飯を五つ六つ握って菜を添えてくれぬか。それに酒も用意してくれ」

「峠越えの用意かね」

「沼田街道に入れば飯屋を探すのも難しかろう」

あいよ、と姐さんが心得て台所に姿を消した。

「浪人さん、旅慣れておいでだね。やっぱり火野初蔵、峰岸平九郎《みねぎしへいくろう》、尾坂孔内《おさかこうない》、数原由《かずはらよし》松《まつ》、足木孫十郎《あしぎまごじゅうろう》、竹垣権之丞《たけがきごんのじょう》の六人の八州様を始末したお方だね」

と年寄りが影二郎を今度は敬うように見た。

「おまえ様のお陰で上州、野州《やしゅう》、武州《ぶしゅう》筋の百姓衆がどれほど助かったか分かるめえ。村によっちゃあ、六人の八州様を叩き斬った南蛮合羽の浪人さんを模した地蔵菩薩を作ったという話もあるくらいだ」

「ほう」

「関心がねえと言いなさるか」

と年寄りは影二郎が傍らに置いた南蛮外衣と一文字笠に視線を落とした。

「おれとは関わりがない話だ」

そうかねえ、と首を傾げた年寄りが、

「金精峠は間違いなく雪だべ。浪人さんは馴染みの道か」

「昔、銅山街道から日光に抜けたが金精峠越えは初めてじゃ」

「足尾道とは比べものになるまいよ」

「老人、そなたはどうだ」

「月夜野村の猟師じゃぞ、この界隈の山ならおよそ承知だ」

「なんぞ名所はあるか」

「片品川の流れに沿っていくつか湯治場があるくらいだ。そうそう、夏なれば吹割《ふきわり》の滝に立ち寄るところだが、この季節じゃ寒かろう」

と言った年寄りが、

「浪人さん、利根村の奥にな、戸倉村に向う二股《ふたまた》があるだよ。その二股の野地蔵が胸まで新雪に埋まっていたら峠越えは諦めなせえ。山に死ににいくようなもんだ」

「聞いておこう」

「いいな、土地の人間のいうことには従うだよ」

朝餉は餅と山菜を炊き込んだ雑煮だった。

「これは腹が暖まるな」

影二郎らは雑煮で黙々と腹を満たした。

「いいかえ、二股の野地蔵を見落とすじゃねえよ」

と年寄りの組が先に飯屋から出ていった。

「われらも参ろうか」

影二郎と参次は新しい草鞋に履き替え、姐さんに酒代を含めて一分を払った。江戸を立つ前、父親の常磐秀信に会い、会津路に旅立つことを告げた。

「国定忠治と関わりがある旅か」

と大目付筆頭道中方に就任した秀信が即座に反応した。

「関東取締出役が日光の円蔵を捕縛し、斬首したそうで」

「耳に入ったか」

常磐秀信は来春の日光社参に際して日光街道とその周辺部を含む街道筋の警備の総責任者だ。それだけに上州を根城に活躍する国定忠治の動向は気にかかることだった。

一方、幕閣の大半が忠治の為人《ひととなり》に無知で無闇に恐れているのに対し、秀信は先の豆州石廊崎への遍路行で忠治に会い、その人物を直に見ていた。

「そなた、なんのために忠治に会う気か」

「この影二郎、忠治とはその死に際し、首を落とすと約定《やくじよう》した仲にございます」

「その約定を果たしに参ると申すか」

「忠治にはもはや軍師の円蔵も三木の文蔵も八寸の才市も股肱の家来はだれ一人おりませぬ。忠治が奥会津に確かに入ったのであれば死に場所を見つけてのことかと存じます」

秀信は火急に面会を望んだ影二郎を前に腕組みして長いこと思案した。

「国定忠治の始末は来春の日光社参に際して懸案の事項だ。関東取締出役の尻を叩いて捕縛せよ、獄門に首を晒せと厳しく命じられておる。むろん上様の日光社参に際してなにがあってもならぬという心配からじゃ。だが、関東代官の羽倉外記どのは忠治をただの渡世人ではない、忠治はわれらがやるべき仕事をなしておるだけのことと何年も前に幕府に上申しておる。だが、羽倉どののような考えの人間は少数でな」

と応じた秀信は、

「瑛二郎、忠治が死に場所を見つけておるのなれば、そなたの刀で始末を付けてやれ」

と五十両の路銀を影二郎に差し出したのだ。

「瑛二郎、この秀信、忠治の奥会津入りを疑っておる。一人になった忠治が頼るのは故郷の山河ではないか」

「赤城山と申されるので」

「その可能性も残されておろう」

「いかにもさよう」

と影二郎は秀信の差し出した路銀を懐に入れたのだ。

「釣りを用意するだ」

と飯屋の姐さんが言った。

「世話になった礼だ」

姐さんが用意した握り飯に青菜漬けの竹皮包みを二人が分けて背に負い、酒をたっぷり詰め込んだ竹筒を影二郎が腰にぶら下げ飯屋を出ると三国街道とは別れて、沼田街道に足を踏み入れた。

「参次、おめえは上州生まれというが潰れた店はどこにあったな」

「桐生《きりゅう》にございます。雪は正直苦手でございましてね、この節、金精峠を越えような んて気にはなりませんので」

「賭場から賭場を渡り歩いた口か」

「まあ、そんなところにございます」

「渡世人なれば野宿に慣れねば一端とはいえまい」

「渡世人と申しましても人様々でございますよ」

と答えた参次が、

「夏目様、まさかまた夜通し歩くというのではございますまいな」

と警戒の色を見せた。

「沼田宿から金精峠越えで日光まで二十里か。利根村の先は山に入る、まず三日で越えられれば上出来かのう」

「少し安心致しました」

「参次、今晩までは屋根の下に泊まれると思え。明日からが勝負じゃぞ」

「なぜ、このような難儀な道をわざわざ進まれますので。忠治親分は会津で待っておられます。わっしの言うことを信じておられぬので」

「そなた、忠治をどの程度承知しておる」

「国定の親分を知るなんて出来っこありませんや。時により日により見せる貌《かお》が違います。わっしはただ親分の言付けを夏目様にお届けして道案内を命じられただけでございますよ」

「おれと忠治は似た者同士かもしれぬ。だれであろうと他人の言うことを鵜呑《うの》みには致さぬでな。あれこれと考えた上で、石橋を渡らぬことも間々《まま》ある。それが忠治を今まで生き残らせてきたのだ」

「へえ」

「忠治がなにを考え、奥会津に向かったか承知して後を追いたいだけだ」

「分かりました」

と釈然としない返事を参次がした。

話しながらも沼田街道最初の峠、白沢村と利根村の境の椎坂《しいざか》峠に差し掛かった。

片品川の流れのほとりに一筋の湯煙が上がっていた。

老神《おいがみ》の湯か。

その辺りから路傍に雪が降り残り、山の稜線と稜線で塞がれた空の雲が厚くなってきた。そして、寒さが静かに一行に忍び寄ってきた。

先導するあかが時折後ろを気にするようになったのは吹割の滝を過ぎようという辺りからか。

「どうやらわれらの後ろを従う者がおるようじゃな」

「土地の人間でしょうか」

「あかは土地の人間を気にすることはないわ」

「となるとこの季節、だれが金精峠を越えようというので」

「さあてのう」

雪が暗い空から舞い始めた。

「参次、そなたも初めての沼田街道、吹割の瀑布を見物して参ろうか」

「年寄りは寒いばかりと申しましたぜ」

「これも旅の酔狂の一つよ」

一行は沼田街道の左手の崖道を下っていった。すると崖の途中から滝の音が、

どうどう

と響いてきた。

「夏目様、滝が凍ってますぜ」

「なかなかの絶景じゃな」

山間を伝ってきた片品川の峡谷が急に開け、凝灰岩《ぎょうかいがん》、花崗岩《かこう》の巨大な川床上を流れることになる。すると清流が長年かかって岩質の柔らかいところを浸食して奇岩を現出した。そして、ついには高さ二十余尺、幅百尺の馬蹄形の滝を生み出したのだ。

影二郎らはその吹割の滝上に出た。

滔々《とうとう》と流れる清流の端、流れが緩やかなところから白く凍り、幻想的にも不思議な光景を呈していた。

「これが吹割の滝にございますか」

「一見の価値があったな。これが旅の醍醐味よ」

と影二郎が言ったとき、吹割の滝の下流にある岩場、鱒飛《ますとび》の滝付近からぱらぱらと人影が浮かび上がった。

「とうとう姿を見せたか」

「だれでございますな」

と参次が道中合羽の合わせ襟を広げて長脇差の柄《つか》に手をかけた。

「野伏せりかのう」

一行は熊や鹿の皮の防寒具を身に纏い、敏捷な動きで影二郎らに歩み寄った。その人数、九人を数え、各々が腰に山刀を差込み、熊狩り用の手槍をそれぞれが携えていた。それは六尺ほどの樫棒の先に刃渡り一尺余の両刃の穂先を埋め込んだものだ。中には肩に弓や鉄砲を負っている者もいた。

「なんぞ用か」

「有り金そっくり置いていけ」

と一味の一人が言った。

影二郎はその者の横顔を見た覚えがあった。

「そなた、沼田宿の飯屋の奥でにごり酒を飲んでおったな。われらに目を付けたとはまたどうしたわけか」

「爺がえらく持ち上げるで様子を窺っておると懐が暖かいことが知れた。金精峠を越えるには銭は要るめえ。置いていけ」

「そなたら、猟師が野伏せりに変じたか」

「猟師では食えんでな」

「驚いた次第かな」

と影二郎が呟く。

「夏目様、わっしも」

と六郷の参次が長脇差を抜こうとした。

「そなたが片付けると申すか」

「いえ、夏目様の助勢に回ります」

桐生の機織問屋の若旦那だったと称する参次は如才《じょさい》ない。

「そなたの腕を借りるまでもあるまい」

酒が入った竹筒を片手一本に構えたまま、自ら野伏せりとの間合いを詰め寄った。それを見た野伏せりの頭が、

「こやつ一人が手強いと見た。まずは押し包んで突き殺せ」

と手下たちに命じた。

影二郎を六人の野伏せりが囲み、手槍が突き出された。参次とあかは輪の外に取り残されたが、一味の二人が参次の動きを牽制するようにこちらにも穂先を突き出した。

あかが、ううっと唸った。

影二郎を囲んだ一人がいきなり手槍を突き出して踏み込んできた。

酒入りの竹筒が穂先を払うと相手の顔面をしたたかに叩いた。

「やりやがったな。抜け駆けするな、全員で囲め！」

頭の命に穂先が煌《きらめ》いた。

その瞬間、竹筒を捨てた影二郎は肩に掛けた南蛮外衣の片襟を引き抜くと、
くるり
と手首に捻りを加えていた。

黒と緋の花が吹割の滝の上の岩場に鮮やかに咲き、両端の裾に縫い込まれた二十匁の銀玉が唸りを上げて、次々に野伏せりの顔面を打ち、手槍を飛ばしていった。

大輪の花は影二郎の実体を隠しつつ、更に虚空にうねり飛び、横手に舞って野伏せりたちを次々に倒していく。

ふわり
と南蛮外衣が手元に引き寄せられた。

参次は呆然とその光景を見入った。

岩場のあちこちに額を割られ、腰を強打された野伏せりらが転がっていた。

「これに懲りて街道荒らしを止めて山に戻れ」

影二郎の肩に南蛮外衣が戻り、参次の手から竹筒を取り戻した影二郎が栓を抜くと、ぐびりぐびりと飲んで喉の渇きをいやし、

「参ろうか」

と沼田街道に戻っていった。

四

ちらちらと再び雪が舞い始め、ついには霏々《ひひ》とした本降りになった。

「根雪になりそうな降りにございますな」

影二郎の背後から恨めしそうな参次の声がした。

「二股の野地蔵が胸まで雪に埋まってましたら引き返しますかえ、夏目様」

と哀訴する言葉が続いた。

だが、影二郎は竹皮包みから出した握り飯を頬張りながらも歩みを止めようとも参次の問いに答えようともしない。

山道に雪が積もり、先頭をいくあかの足跡がくっきりと刻まれるようになった。影二郎の性分を知るあかは黙々と前進した。

吹割の滝から一刻余り、二股道があったが野地蔵の姿はない。

「夏目様、野地蔵は雪の下に埋まってますぞ」

と参次がほっとした声を上げた。

「参次、路傍に雪が積もったとはいえ、せいぜい一尺に満たないわ。野地蔵が埋まるものか」

「あの爺様、いい加減なことを言いましたかな」

「この二股ではないということよ」

影二郎は雪が降る空を見上げた。

何重にも雲を重ねた暗い空のどこにもお天道様の姿はない。だが、そろそろ山の端に掛かる頃合、七つ（午後四時）前後かと見当を付けた。

「山道が雪に埋まらぬうちに先に進む」

えっ
と驚きの声を背で聞き流した影二郎とあかはさらに雪道に歩を刻んだ。

参次が慌てて追ってきた。

もはや須賀川と名を変えた流れの音だけが響く沼田街道を二人と一匹は悪戦苦闘しながら一歩さらに一歩と進んだ。

辺りが急に暗くなった。さすがの影二郎も、

（雪の中で野宿か）

と諦めかけたとき、雪の向こうに、

ぽおっ
とした明かりを認めた。

「参次、喜べ。明かりを見よ」

影二郎の後ろから息を弾ませる参次に声をかけた。

「ほんとで」

立ち止まった感じの参次が降り積もる雪を透かしてみていたが、

「明かりだ、屋根の下に寝られますな」

と安堵《あんど》の声を上げた。

「さあてどうかのう」

という影二郎はすでに明かりに向かい歩き出していた。

「夏目様、あれを逃せばもう人家なんぞございませんぜ。一夜の宿を願いましょう、凍え死にしますよ」

「参次、あの明かりが人家の明かりとどうして言える」

「えっ」

と新たな驚きの声を上げて参次の足がまた止まった。だが、歩みを止めない影二郎とあかの主従に、

「待って下さい。おれだけこんな山ん中に置いてきぼりなんて殺生ですよ」

と必死で追《お》い縋《すが》ってきた。

影二郎は野地蔵にしてはえらく大きいと思った。第一、提灯《ちょうちん》を下げた野地蔵なんてあるものではない。

蓑《みの》を着込み、笠を被った人間が持つ提灯の明かりだった。笠にも蓑にも寸余の雪が積もっていた。

藁沓《わらぐつ》の足元に野地蔵が赤い腹掛けの胸下まで埋まって見えた。

「沼田道と日光道の二股じゃな」

と明かりを翳《かざ》す男に影二郎が聞いた。

「いかにもさようでございますだ、夏目様」

と相手が答えた。

「ほう、おれを承知か」

「長岡の旦那の言いつけで山越えの案内にめえりました」

「そいつは助かった」

と応じた影二郎は、

「この界隈に泊まる杣小屋などないか」

「もうしばらく行くと一軒宿の湯治場がございますぞ」

と長岡の旦那、国定忠治の叔父御の久左衛門が遣わした案内人が答え、あかに代わり先頭に立った。

提灯の明かりの下、藁沓にかんじきを履いた足で踏み固められた跡を辿《たど》って影二郎らが半刻も進んだか。

「着きました」

と山案内人が道を外し、せせらぎの音がするほうへと半丁ほど下りた。すると藁葺きの一軒家から雪空へ向かって白い湯煙が上がっていた。

「参次、これで屋根の下に泊まれるぞ」

影二郎の声に参次は応える力を残していなかった。

四半刻《しはんとき》後、影二郎と参次は谷川の流れがうっすらと雪明りに望める露天の湯に浸かり、一日の旅を振り返っていた。

「沼田から雪道を七、八里は歩きましたぜ」

「歩いた道を振り返ってどうなるものか」

「それにしても夏目様は健脚にございますな」

「参次、それでよう渡世人が務まるな」

「夏目様、山案内を雇っておいでなれば最初からそう仰れば心配はしませんでしたよ」

参次がぼやいた。

「山案内人を手配したわけではないわ。長岡の旦那が気を利かしてくれたのよ」

「長岡の旦那とは昵懇《じっこん》のお方ですか」

「参次、久左衛門どのを知らぬのか。忠治の叔父御よ」

影二郎の問いに参次は返答に窮したように黙り込んだ。

にたり
と笑った影二郎が、

「参次、地獄の後には極楽が待ち構えておるのは世の習いじゃな。泣き言を言いながらも歩き通したで、かような極楽が待っておったのだ」

と笑いかけた。

「全く夏目様の申されるとおりで」

「参次、奥州会津はこんな雪ではないぞ。この程度で音《ね》を上げてどうする」

「へえ、わっしは街道をただ案内してくるだけだと親分の願いを引き受けましたんで」

「関東取締出役に追われる忠治が天下の五街道を大手を振って歩けるものか。尾根伝いの獣道やら雪道を独り忍んで苦難の旅をしているはずだ」

「へえ」

と参次が神妙な顔をした。

影二郎が湯から先に上がった。すると白根の湯治宿の囲炉裏端に久左衛門の命を受けた山案内人の松吉《まつきち》が蓑、藁沓、かんじきなど山歩きの道具を用意して手入れしていた。

明日からの影二郎らの雪仕度だろう。

「どこぞで山仕度を願おうと考えておったところだ。すまぬな」

と影二郎が松吉の心遣いを謝した。

「なんのことがございましょう、夏目様。にごり酒が囲炉裏端に用意してございますだ、手酌で好きに飲みなせえ」

松吉が顎で徳利と茶碗を指した。

「頂戴しよう」

影二郎が徳利の栓を抜くと、ぽんと軽い音が囲炉裏端に響いた。

「金精峠を越えられそうか」

「まだ本降りではございませんでな。これで三、四日後なればまず土地の猟師も杣も峠越えで日光に行くなど考えもしますまい」

「そなた、冬の峠を越えたことがありそうだな」

「夏目様も草津の湯から白根越えをなされたそうで」

「草津の木戸番小屋を忠治一統が襲った折のことを聞いたか。あの頃は忠治一家も勢い盛んでな、新任の八州廻りの八巻玄馬《やまきげんば》をきりきり舞いさせたことがあった。あの時、白根山越えで信州熊の湯に忠治一統は田舟橇《たぶねぞり》で逃走しおったわ。境川の安五郎も八寸の才市も蝮の幸助も忠治に従っていた」

「へえ、わずか二年前のことにございますよ。あの折、夏目様が盲目の剣客西念寺《さいねんじ》一傳《いちでん》を斃《たお》して親分の白根越えを助けなさったそうで」

松吉の語り口調に懐かしさと寂しさがあった。

「今や股肱の臣は一人としていなくなった」

「親分が独り旅だなんて無情過ぎます」

「草津で鉄砲玉を食らった蝮の幸助は健在であろうな」

「幸助が捕まった話は聞きませんだ」

「となると忠治の後になり先になりして従っているのは蝮の幸助だけかもしれぬな」

松吉が頷くと囲炉裏端に来た。

「そなたも付き合え」

影二郎が茶碗のにごり酒を注いで松吉に差し出した。

「頂戴《ちょうだい》しますだ」

と両手で受け取った松吉が、

「夏目様、渡世人とは古い付き合いで」

「足手まといになりそうか」

「いえ、見かけない面なんでね」

「六郷の参次と申し、桐生の機織問屋の若旦那の生まれだそうな」

影二郎は参次が江戸に姿を見せた事情を告げた。

「ほう、親分の使いで夏目様を奥州路に誘いに参っただか」

「おかしいか」

「忠治親分のすべてを承知しているわけではないだ。それに今は手勢が一人もいなくなった親分だ。旅ですれ違った野郎に使いを頼むことも考えられないわけではねえがね」

「怪しいか」

と影二郎は再び問うた。

「夏目の旦那はそれを承知で誘いに乗られたようだな」

「忠治とおれは貸し借りはねえが互いに義理はある。この秋も伊豆まで一統を引き連れておれを助けてくれた。伊豆行きが忠治と一家に無理をさせ、八州廻りの富田錠之助と中川誠一郎に忠治追尾の手がかりを与えたようだ。今度の奥州行きはおれが忠治を助ける番だ。使いがどんな野郎でも忠治がいる場所に案内してくれるとなれば、黙って差し出された神輿に乗るまでよ」

「忠治親分と話が合うはずだ」

と答えた松吉が、

「高崎宿から夏目様の使いを貰った後、久左衛門旦那は改めて上州一円に探りを入れなすった」

松吉が雪の中、金精峠下まで道案内に出張った理由のようだ。

「八州廻りとは違う役人衆が忠治親分追捕に加わっておるのが分かったそうな。その連中が日光に向ったことが分かりましてな」

「ほう」

「江戸南町奉行鳥居《とりい》忠耀《ただてる》（耀蔵《ようぞう》）の内与力辻平《つじひら》忠実《ただざね》と申す侍が頭分とかだ」

「ほう、妖怪様がまたぞろ関東代官羽倉外記様の縄張りに土足で踏み込んで搔き回すつもりか」

「夏目様は承知なのでございますか」

「因縁の仲よ」

「そやつらに謌金三郎《こだまきんざぶろう》という西国生まれの武術家が従っておられるそうな。こやつが夏目様のことを気にしているとか。街道の噂だとなかなかの腕前というで、長岡の旦那から夏目様のことだ、案じることもあるまいが気を付けなせえとの言付けがあっただ」

「ご親切かたじけない。松吉、日光で忠治の行方を調べた上で奥州路に踏み込む、そう久左衛門様に伝えてくれぬか」

と影二郎が応じたところに参次がようよう湯を上がって囲炉裏端に姿を見せた。

「長湯であったな」

「極楽浄土とは現世にございましたな、雪で疲れた足を揉《も》み解《ほぐ》しておりました」

「心がけがよいことだ。明日が旅の正念場だからな」

「峠越えにどれほど要しますので」

「雪の積もり具合だね。峠の頂までおよそ四里と少々、金精峠から湯元までは二里だ。晴れていりゃあ、なんとか一日で行けるだがね」

「一日か」

と参次が難行を思い悩む顔をした。

「まあ、しっかりと今晩体を休めるこった」

と松吉が言い、

「ささ、酒を飲んでまんまをたっぷり摂ることだ。山で生きるか死ぬかの分かれ目は前の日の行い次第だ」

と参次に笑いかけた。

影二郎らは雪がしんしんと降る気配を感じながら白根の一軒宿の湯治場の囲炉裏端に眠った。

翌朝、七つの刻限、松吉を先頭にまず峠下の丸沼を目指して出立した。

松吉の後をあかが追い、参次、最後に影二郎の順で一列になっての山行だ。

雪は夜中じゅう降り続き、出立の刻限には止んでいた。それでも山道の雪の深さは新雪を加え、尺余に達していた。

松吉はゆっくりとした足取りながら新雪を踏み固めて後に続く者の足がかりを作ってくれた。半刻進んでは短く休息と水を取り、さらに半刻進んで休息を繰り返した。

海抜七千八百余尺の白根山の尾根から続く蛍塚山《けいづかさん》下に辿り着いたのは昼前のことだ。

「夏目様、まずは上々の出来だ」

と松吉が言い、岩場の陰で風を避けて昼飯を摂ることにした。

白根の湯治宿で用意させた握り飯だ、握り飯の菜は猪肉の味噌漬けを焼いたものだ。

竹筒の水を飲みながら半ば凍った握り飯を黙々と咀嚼《そしゃく》して胃の腑に入れた。あかにも猪肉を与えると嬉しそうに尻尾を振って食べた。ふと気付くと参次は握り飯にも猪肉にも手を出していなかった。

「どうした、食が進まぬ様子だな」

参次の手には竹筒だけがあった。

「夏目様もあかもようも食べられますな」

「食べられんでどうする。あれだけ五体を働かせたのじゃぞ。見てみよ、松吉など顔から塩が噴き出しておるわ」

「あまりのきつさに足は痙攣する、内臓はでんぐり返しを起こしそうでとても食べられません」

と参次が言った。

雪が降り始めた。

その瞬間、影二郎らが登ってきた道下で、

ずどーんずどーん

と鉄砲の音が響いた。

「松吉、猪狩りの鉄砲かのう」

「夏目様、熊はもはや熊穴で眠りに入っておりますだ。里では猪狩りをするという話もなかったがのう」

再び銃声が殷々《いんいん》と響いた。

「夏目様、こりゃ、猟師鉄砲の音じゃねえだ」

「猟師鉄砲じゃないとするとだれか」

影二郎の脳裏を掠めたのは、忠治一家が伊豆南端の遍路道で下田奉行所の役人らから奪い取った英吉利《エゲレス》製元込め式のエンフィールド連発銃のことだ。

だが、忠治は奥州路に潜伏したはずだ。

「分からねえだ」

と松吉が呟いたとき、三度目の銃声が鳴り、それは段々と影二郎に近付いているように思えた。

「わっしらを追い立てているような鉄砲玉ですだ」

「いかにもさようかな。参ろうか、松吉」

身仕度を終えた一行は再び金精峠の頂きを目指して歩き出した。それをどこかで見ているように四度目の銃声が響いた。

明らかに獣を撃つ鉄砲の音ではなかった。

影二郎らを脅迫し、追い立てている銃声だ。一体だれの仕業か。

「夏目様、ちと急ぎますぜ」

と先頭をいく松吉の足の運びが早くなった。そのせいでかんじきに踏み固められた雪の硬さが十分ではなくなり、あかも参次も、
ずぶずぶ
と足首まで潜《もぐ》り、歩みは却《かえ》って遅くなった。

雪も激しさを増した。

先頭を行く松吉が足を止めた。

「夏目様、峠越えは今日じゅうには無理だ」

「野宿する小屋か洞《ほこら》を知らぬか」

「しばらく登ると丸沼に出ますだ。その傍らに八角堂がございますだ。そこなれば雪を避けられる」

「よし、そこへ参ろうか」

影二郎は後ろから迫る鉄砲のことを忘れて一先《ひとま》ず八角堂を目指すことに専念することにした。

「へえ」

さらに深くなった雪の山道を鉄砲の恐怖に追い立てられながら、一行の難行がいつまでも続いた。

第二話　女忍び

一

影二郎らは這《ほ》う這うの体で金精峠へ向う丸沼の八角堂に逃げ込むことが出来た。これで雪からの難儀は避けられたが、鉄砲を撃ちながら威嚇《いかく》する者たちは八角堂の直ぐ近くの山道でその存在をわざと誇示するかのように銃声を立て続けに鳴らした。

「やつらはわっしらがここに逃げ込んだことをすでに承知だ」

と松吉が言った。

雪の上をこけつまろびつ一行は八角堂を目指してきたのだ。雪には深く足跡が刻まれており、山道から外れたことは直ぐに分かる。

「われらはかように屋根の下にあって凍えることはない。あの者たちは雪に曝《さら》されておる」

「夏目様、あやつらはわっしらを襲い、この八角堂を奪うしかこの寒さから逃れられませんし、凍え死にから免《まぬか》れることはできませんだ」

「参るかのう」

すでに八角堂の外は闇が支配していた。だが、雪のせいでうすらぼんやりと辺りの光景を浮かばせていた。

だが、鉄砲を撃つ者らは姿を見せなかった。

影二郎らはかんじきを外し、藁沓と蓑を脱いで身軽になった。

松吉が大事に懐に仕舞ってきた火打ち石を打って綿毛に火を移し、

ふうっ

と吹きながら火を熾《おこ》すとこれも持参の蠟燭《ろうそく》に移した。

ぼんやりとした明かりの中に八角堂の内部が浮かんだ。

八角堂には金精峠を越える旅人や猟師や杣や遍路らの安全を祈る阿弥陀如来《あみだにょらい》の木像などがいくつも安置されていた。

また冬の間の雪を避けるための避難小屋の役目を兼ねているのか、板敷の一角には囲炉裏が切り込んであり、自在鉤に土鍋まで掛けられてあった。さらに土間には粗朶《そだ》が積んであった。

影二郎は目を転じた。

八角堂の出入り口は一箇所だけ、影二郎らが転がり込んだ山道に面した両開きの一面の格子扉だ。あとの七面は厚板の壁だ。雪が吹き込む格子窓には内側から板戸を嵌《は》め込む工夫がなされていた。

影二郎は板戸を一枚だけ残して嵌めた。

「参次、火を熾せ」

影二郎の命に参次が囲炉裏に粗朶を運んで仕度を始めた。

「どうしますだ」

「動くのはわれらではない、やつらだ」

「いかにもさようでしたな」

影二郎は一枚だけそのままにしておいた格子窓から外の様子を窺った。

雪が横殴りに吹き付けるあちらこちらで赤装束の者たちが動いている様子があって直ぐに動きを止めた。

「床に伏せよ」

影二郎の命に参次、松吉、そしてあかまでが身を低くした。

その直後、銃声が響き渡った。

八角堂を囲んで四方八方からの銃撃だ。鉄砲玉が板壁を穿《うが》ち、格子扉の内側の板戸を突き破って阿弥陀如来の腰に命中した。

影二郎は格子扉の柱の陰に身を潜めて鉄砲玉を避けた。

「罰あたりめが」

影二郎が吐き捨て、再び外の様子を窺った。赤装束は松明《たいまつ》を点《とも》したようであちらこちらに光が動いていた。

雪はさらに激しさを増していた。

持久戦なればこちらが有利だ。

あやつらがどこまで雪の中で我慢できるか、と影二郎は思った。

「松吉、八角堂になにがあるか調べてみよ」

「へえ」

影二郎は、八角堂に飛び道具に対抗する得物があると思ったわけではない。だが、手をこまねいているのも癪だと考えただけだ。せいぜい二十畳ほどの八角堂をあれこれと調べていた松吉が、

「夏目様、床下に米、味噌の蓄えがございますだ。猟師らが大雪に降り込められたとき

に使う食べ物だな」

「他にはなんぞないか」

「古びた蓑に先の磨り減った金剛杖、鹿のなめし皮が七、八枚、背負子《しょいこ》、破れ笠に白衣《びゃくえ》もございますだ、猟師が万が一のために隠しておいたものですよ。鉄砲に抗する得物はございませんな」

「白衣だと」

へえ、と応じた松吉は、金精峠を往来した遍路が、その帰路、大願成就《たいがんじゅうじゅ》の暁に残していったと思える白衣二組を影二郎のところに持ってきた。

「あやつらが何者か調べてみよう」

「外に出られますので」

と松吉が不安げな顔をしたが、参次はなにも言葉を発しなかった。あかだけが伸びをして従う姿勢を見せた。

影二郎は藁沓を履くと南蛮外衣で身を包み、二枚の白衣でその上を覆った。

「松吉、参次、われらの砦《とりで》を死守せえ」

松吉が心得て格子扉を薄く開いた。身を低くした影二郎とあかは、八角堂の回廊から階段を滑り転がると雪中に白衣の体を紛らした。

南蛮外衣と白衣を重ねた影二郎は身軽に動けなかった。

あかが先行し、影二郎が従った。

主従は降りしきる雪の下、積もった雪に紛れるように這いずり、八角堂の裏手に回り込んだ。

こちらにも松明の明かりが雪原の向こうに浮かんでいた。

八角堂と松明の距離はおよそ三十間余あった。

影二郎とあかは、雪が降りしきる中、蓑虫のように這って松明に向かい進んだ。

十数間と間合いを詰めたとき、再び銃声が響き、主従の体の上を鉄砲玉が飛び去り、八角堂の板壁に当って、
ぶすぶす
と打ち砕いた。

松吉の推量どおり猟師鉄砲ではなかった。

連発が利く元込め式の南蛮鉄砲だ。

蓑虫の行進を再開した。

白衣が一枚脱げて雪に残った。だが、もはや進むしかない。

松明の明かりが大きくなっていた。なんとか影二郎らの体を隠しているのは激しく降

る雪だ。それでも松明を迂回して影二郎とあかは赤装束の背後に回り込んだ。

赤装束の背には黒で稲妻が染め出されて、二人一組で鉄砲を構えていた。その組が八角堂を取り囲んで五、六組もいたか。

十数挺もの英吉利製連発式鉄砲を所持するのは何者か。考えられるのは、

(鳥居忠耀の息がかかった者)

だが、それとて確証はない。

無言裡《り》に鉄砲を撃ちかける一組の背後に影二郎とあかはようやく忍び寄った。

元込め式の連発銃を赤装束が構えた。

影二郎はあかと視線を交わした。それだけで互いがどう行動するか、承知していた。

鉄砲を構えた二人が背後の気配に気付いて振り向いた。

影二郎は異《い》な感じを受けた。それがなにか咄嗟《とっさ》に分からなかった。

あかが雪原から跳躍し、思わず立ち上がった相手の喉笛に喰らい付いて雪原に押し倒した。

もう一人が銃を影二郎に向けようとした。

白衣を剝ぎ取った影二郎は片膝を立てた姿勢で南蛮外衣の襟を引き抜いた。松明の明かりに表地黒羅紗、裏地猩々緋の南蛮外衣が大輪の花を咲かせたように広がり、裾に縫

い込まれた銀玉が銃口を向けた相手の顎を打ち砕いてその場に昏倒させた。

あかが相手を雪の上に組み敷き、喉笛にかぶりついたまま格闘していた。

銃声が響いた。別の赤装束が放った銃弾だ。

赤装束が手から落とした鉄砲ははたして英吉利製元込め式エンフィールド連発銃だ。

影二郎はそいつを摑むと八角堂を包囲して鉄砲を撃ちかける赤装束に狙いも付けずに引き金を引いた。さらに一発、視界不良の雪中、狙いを確かにつける技はない。ただ、赤装束の一組が影二郎の手に落ちたと相手に教えればいいのだ。

あかが、
うううっ
と勝鬨《かちどき》を上げて咆哮《ほうこう》した。その傍らで赤装束がぐったりとしていた。

そのとき、影二郎は目の端に躍りかかる赤装束を捉えていた。両眼が異様に見開かれ、狂気の表情が顔を覆っていた。

無意識の裡《うち》に南蛮外衣が再び宙を舞い、銀玉が飛びかかってくる相手の胸部をしたたかに強打した。さらにもう一人、刃を煌めかせて飛び込んでくる赤い影に向って南蛮外衣を投げ付けた。視界を塞ぐためだ。

相手が南蛮外衣を払いのけようとした。

影二郎はそのとき、すでに雪に立ち上がっていた。

腰間から法城寺佐常が抜き打たれ、藁沓の両足で踏み込みつつ顔を間合い内に曝した相手の首筋に反りの強い刃が襲った。

ああっ
と相手の口から悲鳴が洩れたとき、すでに死の世界に旅立っていた。

「なんと」

影二郎も驚きの声を上げていた。

赤装束は女だった。

(女忍びか)

ぴぃぴぃぴー
と呼子が丸沼八角堂に響き渡り、赤装束らは四人の仲間を雪の峠道に残して姿を消していった。

影二郎は佐常を構えたまま、残りの三人の顔を改めた。どれも若い女だった。中の一人は幼さを残した十七、八と思えた。だが、どの女の顔にも狂気に憑かれた者特有の一途《いちず》と刺々しさがあった。

影二郎は娘の口に顔を近付けて臭いを嗅いだ。これまで何度か馴染みがある甘酸っぱい匂いが漂ってきた。

女忍びは南蛮渡りの阿片を飲まされて死の恐怖を失っていた。

「たれが黒幕か知らぬが無情なことを」

影二郎の口から呟きが洩れ、片手拝みに合掌した。

赤装束の女の腰にぶらさげられていた革袋を影二郎は奪うと、

「あか、ようやった」

と無二の従者を褒めた。革袋には鉄砲玉が詰められていた。

影二郎は奪った二挺のエンフィールド連発銃と革袋を携えて八角堂に戻った。松吉が格子扉を開いて迎え入れ、

「お手柄でしたな」

と影二郎が抱えるエンフィールド連発銃に視線を凝らした。

「やっぱり猟師鉄砲ではねえぞ」

影二郎は松吉に二挺の連発銃を渡した。

「忠治もこれと同じものを所持していよう」

豆州石廊崎付近の遍路道で妖怪鳥居忠耀の意を呑んだ下田奉行の手下から国定忠治は奪い取って所持していた。

「そうだったな。これと同じ南蛮鉄砲を親分が手に入れたとき、夏目の旦那と一緒だったな」

「つい最近の話よ」

余りにも激しく時代が動いていくと影二郎は思った。二百五十年余の鎖国がもたらした激動だ。

「どうりで見かけた南蛮鉄砲だと思うた」

松吉は影二郎から渡されたエンフィールド連発銃に関心があるのか囲炉裏端に持ち込み、仕組みを調べる様子を見せた。

影二郎は雪に湿った藁沓を脱ぎ捨て、南蛮外衣を手に床に上がった。

囲炉裏端では参次が火の番をしていた。

そのとき、影二郎の頭に警告を告げる雷電のようなものが走った。

あかも同時に気付いたか、ううっ、と唸りながら濡れた背の毛を再び逆立てた。

影二郎は考えもせずに八角堂の天井に向かって南蛮外衣を投げ上げていた。

ふわり
と八角堂に猩々緋の外衣が広がった。

「どうしただ、夏目様！」

と松吉が叫んで抱えていたエンフィールド連発銃を構えようとした。

「動くでない！」

影二郎は大輪の花を咲かせた南蛮外衣の下に身を隠して阿弥陀如来像が安置された仏壇に走った。

がらり
と何体もの仏像が転がり落ちて、赤い影が影二郎に向かい飛来した。

顔には影二郎らが最前の女たちと同様の狂気に塗《まぶ》された殺気があった。そして、その左右の手には煌く刃が持たれていた。

「愚か者めが」

一旦収まっていた先反佐常が抜き打たれ、一条の光になって飛来する赤装束の胴を深々と撫で斬っていた。

ぎえっ
と悲鳴を上げつつ板の間に転がった赤装束は血の帯を曳いて土間に滑り落ちた。そして、気丈にもよろめき立つと、格子扉に体をぶつけて雪の表に姿を消した。

「いつ八角堂に入り込んだか。われが格子扉は一瞬たりとも目を離さず見張っていただよ、夏目の旦那」

松吉が呆然と呟く。

「あやつらは女忍びだ。表だけが出入り口と思うておるとあの者たちの手に引っかかるわ。床下に外へと繋がる抜け道があるやも知れぬ」

「よし、われが探してくるだ」

松吉が鉄砲を手に立ち上がった。

影二郎は八角堂にもはや赤装束の気配がないことを悟っていた。佐常の血ぶりをすると鞘《さや》に納めた。

「松吉、捨ておけ」

影二郎は床に落ちていた南蛮外衣を囲炉裏端に広げて乾かした。

参次が火の番をしていたせいで松の幹があかあかと燃えていた。

「松吉、この雪、いつまで降り続くな」

「まだ本降りではねえと見た。今晩が峠で明朝には止んでおりますだ」

「赤装束がなにを考えておるか知らぬが、明日じゅうに金精峠を越えたいものじゃな」

「峠までの半里が勝負にございますだ。湯元まで下れば日光に辿り着いたも同然だでな」

と松吉が言い切った。八角堂に辿り付いて以来黙していた参次が、

「夏目様、赤装束は明日も仕掛けて参りますか」

と聞いてきた。

「参次、女忍びども、こちらの様子を探ったのだ」

「えっ、あやつら、女忍びだか」

驚いたのは松吉だ。

「若い娘の忍びよ。だが、松吉、娘と思うて油断を致すとこちらの命を失くすことになる。だれが仕込んだか知らぬがあの娘ら、命を捨てることなどなんとも思うておらぬ。人を殺すことを頭に植え付けられた仕掛け人形と思え」

「そんなことが娘っこにできるだか」

「唐《から》から長崎辺りに上げられた阿片を飲まされておるのだ。寒さも死ぬこともなんとも感じぬ操り人形だぞ」

「恐ろしい娘っこだ」

「いかにもさよう、二人して油断を致すな」

松吉に影二郎が応じ、参次が、

「夏目様、娘どもを何人も斃《たお》されましたので」

「あかの手助けもあって都合五人が戦いの場から消えた」

参次が主従を見た。

平静に戻ったあかは囲炉裏端に丸まっていた。

「明日、仕掛けてくるか、一旦態勢を整え直して後日に復讐戦を挑んでくるか。阿片に正気を失い、狂気に憑《つ》かれた女忍びの心を読んでも致し方ないわ。どうだ、昼の残りを集めて雑炊でもこさえぬか」

「へえ、鍋もあれば味噌、塩もございます。わっしはなにも働いておりませんゆえ、夕餉を作ります」

と参次が仕度にかかった。

松吉は再びエンフィールド連発銃の仕掛けを仔細に調べ始めた。

「夏目様、鉄砲がこちらの手に入ったのは大きいだ。あやつらが姿を見せればこの松吉が腕にものをいわしてみせますだ」

「そなた、鉄砲の扱いに慣れておるようだな」

「上州一円には何百挺もの隠し鉄砲がございましてな、鹿狩、熊撃ち、男なら鉄砲の扱いは心得にございますだ。鉄砲玉も十分にございますで、明日、やつらが襲いくるようなれば松吉がお返しに一発お見舞い申しますぞ。夏目様とあかは、のんびり峠越えを楽しんで下されよ」

と松吉が不敵な笑いを髭面に浮かべて、エンフィールド銃を構えて見せた。

二

翌朝七つ、影二郎らが一夜世話になった八角堂を出立したとき、雪は未だ降り続いていた。

松吉のご託宣は外れたか。

三人の男たちは雪仕度の上に八角堂で見つけた鹿皮を腰に一枚ずつ巻き付けていた。松吉の発案であった。

「松吉、腰が温かいぞ」

影二郎はそう言いつつも辺りに赤装束の女らの気配はないか確めていた。だが、どこかの岩洞にでも避難したか、金精峠への山道にはただ音もなく雪が降り続いているだけだった。

山道に戻った一行の先頭は、今日も松吉だ。その手には一挺のエンフィールド連発銃があった。もう一挺は筵に包まれて参次の背に負われていた。

最後尾を行く影二郎の手には金剛杖があった。その先で探ると雪の深さはすでに二尺に近かった。だが、影二郎らは藁沓にかんじきを履いているせいで雪に埋まることもない。それでも山道は高度を上げるに連れて狭く険しくなり、影二郎の前をいく参次の体が風によろよろと揺れてそれでも影二郎に背から追い立てられて進んでいく。

歩き出して四半刻した頃、松吉の予告どおりに雪が小降りになり、ついには止んだ。

夜が白んできた。

そうなると松吉の足の運びもぐいぐいと捗《はかど》り、さらに高度を上げて進む。

金精峠は上野《こうずけ》と下野の国境にあって七千尺余の温泉《ゆせん》ガ岳《だけ》と六千七百尺余の金精山の鞍《あん》部《ぶ》にあたる。その高さ、海を抜くこと六千余尺と日光界隈では一番高くて険しい峠越えであった。

元々峠は日光二荒山《ふたらさん》の僧侶や修験者の修行の場として開かれたものだ。冬場に峠越えを試みる旅人はいない。

丸沼の八角堂を出て二刻余り、松吉の足が不意に止まった。

これまでとは違って乾いた風が吹き付けてきた。

影二郎が視線をやると松吉が振り返り、

「夏目様よ、湯ノ湖も戦場ヶ原もよう見えるぞ」

と言った。

「峠に着いたか」

「へえ、峠だ」

「ご苦労であったな」

参次と影二郎が松吉の傍らに行くと霧が峠へと流れてきて視界が一瞬閉ざされ、乾いた風が吹き飛ばした。

奥日光の雄大な景色が眼下に広がっていた。

「なんという景色にございますな」

渡世人にしては言葉遣いが丁寧な参次が感嘆した。

「松吉さん、これまでの苦労が吹っ飛びましたよ」

影二郎も言葉を失っていた。

白一色の世界に湯ノ湖から水蒸気が上がり、戦場ヶ原には朝靄《あさもや》が幻想的にも漂い流れていた。さらに東の方角には二荒山が聳えて、峠に到達したことを教えてくれた。

影二郎らの頭上には青空が広がっていた。

「酔狂にも金精峠越えを思い付いたことを最前まで悔やんでおったが、これで報われたわ」

影二郎の正直な感想だった。

「しばし休みましょうか」

もはや一行の食料は尽きていた。

三人の腰にあるのは竹筒の水だけだ。影二郎は掌に掬《すく》い、あかに飲ませた後、自らも竹筒に口を付けて喉に落とした。

「夏目様、いくら忠治親分が頑張っても独りで公方様《くぼうさま》の行列に近付くのは容易なこっちゃございませんだ」

不意に松吉が言い出した。

「もしそれが出来るとしたらこの峠越えでございますだよ。それも雪が降り積もった峠を越えて日光に忍び寄るこった。だがよ、四月は根雪が溶け始める時節、となりゃあ、役人方も峠下に出張《でば》っておられましょう」

「無理じゃな」

「夏目様もそう考えられたからこそ酔狂と称してこの金精峠を越えようとなされただ」

「久左衛門どのが申されたか」

にたり、と松吉が笑った。それが答えだった。

爽やかにも風が峠に吹き渡った。

「うむっ」

影二郎は吹き上げる風に乗って殺気が漂ったのを感じとった。

「松吉、どうやら女忍びどもが再び現れるようじゃぞ。湯元まで背中を鉄砲玉にせっつかれての道中になりそうだ」

「もうちいと早く姿を見せると思うたがな、夏目様」

と松吉は腕にエンフィールド銃を抱えているせいで不敵な言葉を吐いた。

「松吉さん、山は上りより下り道が危ないと聞いた。それに雪がさらに深そうだ」

参次の語調には不安があった。

「参次さんよ、いかにも山は下りが剣呑《けんのん》だ」

一行の目にも数丁下から迫る赤装束がちらついて見えるようになった。

「昨夜《ゆんべ》のお返しだ」

と松吉が体を岩場に押し付け、峠下にちらつく赤装束に銃口の狙いを定めた。

ずずーん！

と銃声が響いて赤装束が俊敏にも岩場に隠れるのが見えた。

「南蛮鉄砲は大したもんだな」

脅し鉄砲を見舞った松吉が感心したように言ったとき、頭上に殺気が走った。

「伏せよ！」

影二郎の命に慌てて二人の男とあかが岩場に身を伏せた。

銃声が立て続けに響き、何発もの鉄砲玉が飛来して岩場に当り、それが跳弾して影二郎の傍らを抜けた。

銃撃は金精山の方角からだ。

「あやつら、われらの行く手を押さえておるぞ」

「挟み撃ちの魂胆だな、夏目様」

松吉は慌てる様子もない。

「なんぞ考えがありそうじゃな、松吉」

「ちいとばかり工夫がございますだ、夏目様」

得意げに言った松吉はエンフィールド連発銃の革帯を背にかけて負った。

「女忍びがどれほどの技を持つものか知らねえがさ、夏目様、野州の山を知り尽くした松吉様の知恵をごろうじろだ」

と蓑の下から腰に巻いていた鹿皮を外して影二郎らに見せると腰から尻に当てた。

「ほれ、よう見てろ、参次さん、夏目様」

雪の上に鹿皮を敷いて尻を落とした松吉が、

「これでよ、一気に湯元まで滑り下りるだ」

と叫ぶと両足で雪を掻き、足を上げた。すると鹿皮橇がいきなり滑り出した。

「ほう、皮橇で下ろうというのか、やりおるな。参次、そなたが二番手じゃぞ」

と呆れ顔の参次に命じた。

「夏目様と一緒だとあれこれと試されますな。鹿皮を尻に当てて雪の斜面を滑り下りるとは考えもしなかったぞ」

と参次が松吉を真似て坂を下り始めた。ぎこちない動きだが、なかなかの早さだ。見る間に樹間に消えた。

影二郎とあかが峠に残された。

再び銃声が響き、影二郎は首を竦めた。そして、松吉が影二郎に一番大きな鹿皮を選んだ理由を理解した。あかと一緒に滑り下りろというわけだ。

影二郎は金剛杖を峠に捨てた。

「あか、おれの足の間に座れ」

あかが不安げな顔を見せた。

だが、影二郎が鹿皮の両端を両手で掴み上げて尻を落とすと影二郎の両膝と持ち上げた鹿皮の間に入り込み、神妙にも顔を突き出して座った。

鹿皮はたっぷりと広く、影二郎とあかを乗せてもまだ余裕があった。

「行くぞ」

影二郎は五体で均衡を取りつつ両足で雪を掻くと足を軽く浮かせた。すると雪の斜面をするすると鹿皮橇が滑り出した。

「ほう、なかなかの橇ではないか」

坂下で参次が転んだのが見えた。だが、直ぐに起き上がり、鹿皮橇を立て直した。

少し走ると影二郎はコツを摑んだ。急坂になると橇がさらに速度を増して峠に赤装束の女忍び一統を置き去りにした。

「どうだ、あか。風が気持ちよいな、楽旅ではないか」

最初は落ち着かなかったあかも四肢を器用に踏ん張り、雪道の曲がりに合わせて体を動かし、均衡を取った。

耳元で風が鳴り、雪の積もった白い景色が後ろに飛んだ。橇に驚いたか、鹿が斜面を駆け出すのまで見えた。

「参次、追いつくぞ」

「負けるものですか」

と参次も余裕が出たか、橇の速度を上げた。

影二郎らは松吉に先導されて林間を抜ける雪の坂道を一気に湯ノ湖まで下った。

湯ノ湖の小さな宿から湯煙が上がっていた。すでに松吉は宿の前に到着して湯守と話していた。

「夏目様、腹拵えしてまいりますぞ」

松吉が叫んだ。

半刻後、影二郎らは靄が立つ湯ノ湖に小舟を浮かべて乗り込み、静かに漕ぎ出した。

桐材で作られた舟は二人で持ち運びが出来るほど軽く、水に浮かべると三人の男とあかを乗せることができた。

舳先にあかが乗り、櫂《かい》を握った参次があかの背後に、軽舟の真ん中に影二郎が鎮座し、艫に松吉が座った。

三人が櫂を揃えると湖面を滑るように軽舟が進んだ。

長岡の久左衛門は街道に流れる噂を払拭《ふつしよく》するために影二郎にすべてを見せようとしていた。

日光社参の将軍家慶《いえよし》の行列に忠治が殴り込むというたわけた風聞だ。

関東取締出役は忠治捕縛の切り札として上州野州一円を知り尽くした渡世人中島勘助《なかじまかんすけ》を道案内に投入していた。それを知った忠治は渡世人仲間を裏切り、八州役人側に寝返った勘助を襲って殺した。

「道案内勘助殺さる」

の知らせは江戸を震撼させ、関東取締出役を激怒させた。

厳しい取締り網が関東一円に張られた結果、八寸の才市、日光の円蔵が捕縛されたのだ。

だが、目当ての忠治は健在で今も逃げ回っていた。

幕府大目付道中方常磐秀信を父に持つ夏目影二郎から書状を貰った長岡の久左衛門は、

「もはや忠治の最期」

と見て、日光社参に独りで殴り込むなど不可能だということを影二郎に見せようとしていた。

軽舟は、湯ノ湖と中禅寺湖を結ぶ戦場ヶ原の間をうねり流れる流れに入り、枯れ葦を掻き分けて進んでいった。

軽舟の舳先が靄を掻き分けて渦を作った。すると影二郎のところからあかの耳がぴーんと立ち、左右に動くのが見えた。

戦場ヶ原を見回した。

白い靄の向こうに赤い色が紛れて動く気配があった。

「松吉、女忍びが追いついてきたようじゃぞ」

「戦場ヶ原をわしほど知りはしますめえ」

松吉が靄に紛れて軽舟を湿原の茂った葦原に隠し、影二郎らに櫂を使うのを止めさせた。そうしておいて、エンフィールド連発銃を肩から下ろした。

「参次、おれに飛び道具を貸せ。松吉の鉄砲に景気を付けようか」

と参次が担いだ連発銃を借り受けると装弾を確かめ、流れる靄を見回した。

赤装束の女忍びらは戦場ヶ原の浮島を伝い、影二郎らを包囲しようとしていた。

靄が風に流れ、薄れた。するとはっきりと赤装束が見えた。

松吉のエンフィールド銃が先ず火を噴き、影二郎も赤い影に向って連射した。

松吉は一発ごとに狙いを定めての射撃だ。確実な射撃で二人の女忍びが湿原に水音を立てた。

包囲網が乱れた。

「一気に走りますぞ」

松吉の命に影二郎は鉄砲から櫂に持ち替えた。さらに参次も加わり、葦を押し分けて軽舟が流れに戻り、赤装束が射撃体勢に入ったとき、影二郎らは包囲網を突き抜けて走っていた。

その頭上を、
ぴゅんぴゅん
と空気を切り裂いて鉄砲玉が飛来したが、影二郎らは姿勢を低くして避けた。
流れから流れを巧妙に辿り、軽舟は坂道を転がるように激流と変わった緩やかな滝を滑り下りると舳先から、
どぼん
と水飛沫《みずしぶき》を上げて中禅寺湖の湖面に到達していた。
ふうっ
と参次が大きな息を吐き、
「なんとも退屈はしねえ道中だ」
と呟いたものだ。
軽舟は大きな湖面の中禅寺湖を西から東に横断していた。湖岸の道には人影も見えた。だが、湖には漁師舟一隻の姿もない。関東取締出役が日光社参まで漁をすることを禁じたからだ。
「夏目様、忠治親分を手負いの猪にしたのは八州様だ」
と松吉の悔しそうな声が影二郎の背からした。

「違うな、松吉」

「どう違うと言われるだ」

怒ったような声が背に響いた。

「関東取締出役、八州廻りの身分を見てみよ。身分の軽い代官所の手代風情が抜擢されて忠治らを追う役目を持たされたのだ。忠治の真の敵はもはやにっちもさっちも行かなくなった幕府そのものよ。老中水野忠邦様の天保の改革は頓挫したまま、妖怪鳥居忠耀が一人躍り狂っておるわ。がたがたになった幕府の実体を隠そうとして行おうとしているのが公方様の日光社参よ。忠治はとくとそのことを見抜いておった」

「忠治親分はやはり行列を襲うと申されるので」

「何年か前なれば忠治もその力を残していたかもしれぬ。だが、盗区を追われて独りになった今、それがいかに無謀か忠治が承知しておる」

「ではなぜ八州様は日光界隈にこれほどの捕り方を入れておられるのでございますだ」

「公儀も関東代官も関東取締出役も国定忠治の幻影に怯えているのよ」

「幻影とはなんでございますな」

会話の間にも軽舟は湖面を東に向かって突き進んでいた。そして、湖岸の人影が軽舟を差して立ち騒ぐ様子も見受けられた。

「忠治が上州、野州、信州、越州、奥州とまたにかけて暴れ回ることが出来た背景を考えてみよ」

「ほう、それは」

「幕府の無為無策が関八州に田地田畑を捨てての離散を招き、娘を悪所に売らねば暮らせぬ仕儀に立ち至らせた。忠治は娘を売り、田畑を手放すしかない民百姓の静かな怒りを代弁して、大戸の関所を破り、豪農分限者《ぶげんしゃ》に無心しては百姓衆に奪った銭をばらまいた」

「へえ、お上がやらねばならぬことを親分が代わってやったんだ。親分が悪いわけじゃねえだ」

「いかにも真の悪は江戸におる。だがな、松吉、忠治は幕府をあまりにもなぶりものにしたゆえに、ただ今関東取締出役の厳しい監視の目に曝されて追い詰められておるのだ」

軽舟の行く手から、
ごうごう
という不気味な音が響いてきてあかが背中の毛を逆立たせた。

「夏目様、親分を助けてくれるだね」

「もはやそのときは過ぎた」

「ならば忠治親分に会ってなにをする気だ」

「忠治が幕府の手に捕まり、罪人として始末されるのをおれは見たくはない。忠治もまたそれだけは避けようと必死で死に場所を見つけて逃げ回っておるのだ。おれはお上の手に先んじて忠治と出会い、あやつの首を斬り落とす」

「なんと申されますだ」

「松吉、それがおれと忠治の約束事だ」

松吉がなにかを叫んだが、ごうごうと高鳴る不気味な音に掻き消されて影二郎の耳には届かなかった。

三

影二郎らが乗る軽舟は日光中禅寺湖に轟く音に引き寄せられるように早さを増していた。

水面が泡立ち、渦を巻き、奔流して、辺りの景色が一変した。

あかが怯えたように舳先で鳴いた。

「松吉さん!」

と参次も恐怖の悲鳴を上げていた。

影二郎らは軽舟を引き寄せる物凄い力が中禅寺湖から落差三百余尺を豪快に落ちる華《け》厳《ごん》の滝、別名涅槃《ねはん》ノ滝であることを気付かされていた。

影二郎は野州一円を知り尽くした案内人の松吉が華厳ノ滝を忘れていたはずはないと考えようとした。

だが、狂ったように走る流れとそれに乗って矢のように突き進む軽舟を影二郎の目は見ていた。もはや三人にはなんの手立てもなかった。

それでも参次が手にした櫂で滝の落口に向かって進む軽舟の方向を転じようと試みた。

「参次さん、櫂は上げたままにして下せえよ」

と松吉が轟音に抗して怒鳴った。

「滝に突っ込む気か」

参次の悲鳴が影二郎の前で上がり、強引に櫂を流れに差し込もうとした。それを影二郎の櫂が払った。

「参次、ここは松吉に任すのだ」

「夏目様、華厳の滝に巻き込まれればわっしら粉々だ」

「それも一興」

影二郎が答えたとき、さらに軽舟の早さが上がった。

もはや辺りの景色が流れて目に留めることは適わなかった。影二郎らは渦巻き流れる時間に溶け込もうとしているのだ。

松吉が自然界の脅威を圧するように裂帛《れっぱく》の気合を発した。

松吉は奔流する流れに逆らい、軽舟の右舷に櫂を突っ込み、捻り上げた。いきなり軽舟が、
くるり
と回転し、独楽《こま》のように回りながら時間の流れの狭間に飛び込んだのを影二郎は察した。

嗚呼《ああ》！

と参次が絶叫した。

その叫びは湖面に漂い残り、軽舟は回転しつつ異空間へと飛んだ。

どれほど混沌と錯乱の時が流れたか。

軽舟の回転が緩やかになり、影二郎らの意識がゆっくりと戻ってきた。再び景色が目に止められるようになり、軽舟は鬱蒼とした木々の間を流れる小川を静かに進んでいた。

いつの間にか轟音は遠のいていた。

静寂が戻り、鳥の声が聞こえた。

「松吉さん、わっしら、生きておるのか」

と呆然自失とした参次が聞いた。

「気を抜くのは早いだ、参次さんよ」

と松吉が答えた。

その言葉どおり、樹林を縫うように流れ進む軽舟の眼前に巨大な岩壁が塞がった。

流れは岩壁の下に吸い込まれるように消えているのが影二郎らに分かった。

「今度は水中に引き込まれるか」

参次の嘆きを他所《よそ》に松吉が岩壁の数十間手前で軽舟の舳先をぶつけるように岸辺に乗り上げさせた。

「夏目様、ここからは歩きだ」

その声に勢い付いたのはあかだ。舳先から、
ぴょん
と跳躍して岸辺に下り立ち、生きていることを実感するようにそこいらを跳ね回った。

参次も軽舟から転がり落ちると岸辺にへたり込んだ。そして、

「腰が抜けた」

と機織問屋の若旦那から渡世人へ身を窶《やつ》した参次が呟く。

影二郎は軽舟の舫い綱を乗り上げた岸辺に見つけた杭に結び付けた。そして、
ふうっ
と息を吐いた。

これは国定忠治ら、関八州を渡世とする連中の裏街道なのだ。

「冷や汗を掻かされた」

影二郎は腰にぶら下げた竹筒の栓を口で抜くと喉に落とした。

日光湯元の湯守が分けてくれたにごり酒が渇き切った喉に染みわたり、なんとも美味だった。

「参次、そなたも飲め」

「へっ、へい」

と参次も竹筒の口からにごり酒をごくりごくりと喉を鳴らして飲み、

「生き返った」

と呟いた。最後に竹筒が松吉にわたり、

「参次さんよ、これから一仕事が残っておるぞ」

と言いながら残ったにごり酒を飲み干した。

「松吉さん、もう鬼が出ようと蛇が出ようと怖いもんはない」

参次の言葉に松吉が笑った。

「参次、どうやらその言葉はしばし取っておいたほうがよさそうじゃな」

影二郎の言葉に首肯《しゅこう》した松吉が油紙で包んで懐に持参した提灯を大事そうに抱えて、

「さて参りましょうかな」

と先頭に立った。影二郎らを案内したのは緩やかな流れが地中に吸い込まれるように消える岩壁だった。

「流れが岩下に消えておる。こんなことがあるのか」

「参次、人間に想像つくことなど自然界の出来事に比べれば微々たるものよ。地中に流れが消えるなどなんの不思議があるものか」

影二郎の言葉に参次が小首を傾《かし》げて、

「なにもが信じられねえよ」

と呟いた。

流れを飲み込む岩壁を回り込むと巨岩の下部を鬱蒼とした大木の枝葉が差しかけて隠し、もはや影二郎らの進むべき道はないように思えた。

それでも松吉は腰の鉈《なた》を抜いて枝葉を払いながら進む。さらに岩場に沿って進むと前方から冷たい風が吹いてきた。

それは地中を吹き渡る風のようで闇の気配を含んでいた。さらに一旦消えていた膨大な水が生み出す轟音がさらに恐ろしげな音に変じて岩を伝い、聞こえてきた。

中禅寺湖の膨大な水の流れの一部が地中に潜り込んで、洞窟かうつろの空間に反響して壮大にも恐ろしげな調べを奏しているのだ。

松吉が岩の割れ目に、

するり

と消えた。

「なんと」

と参次が驚きの声を発して足を止めた。

あかがさらに消えた。

躊躇《ちゆうちよ》していた参次の背を影二郎が押して岩場に入り込んだ。続いて影二郎も岩の割れ目に潜った。

そこには一条の光もない暗黒の闇が支配していた。もはや泣こうが叫ぼうが人間の声などなんの意味も持たなかった。

時間も空間もない異界だ。

影二郎はこの闇に半刻と耐えられる人間はおるまいと思った。不意に湿った音が何度か繰り返されて、しばらく経《た》つと、

ぼおっ

とした明かりが点された。

松吉が持参の提灯に火打ち石で明かりを点したのだ。

闇に比していかにもかすかな明かりが足元を照らし、水が流れる岩場で滑らぬよう注意した。

足を滑らし、体の均衡を崩した者はだれであれ底知れぬ奈落に墜落する運命《さだめ》が待ち構えていた。

松吉の提灯が動き出した。これまでどおりにあか、参次と続く。

影二郎は松吉の明かりが足元の闇に消えていくのを見て、地中へ下降するのだと理解した。

松吉の明かりを頼りに一行は一歩さらに一歩と地中へと下っていった。だが、その下降感覚を意識していたのは最初だけだ。

その内、影二郎らは下降しているのか上昇しているのか、はたまた浮遊しているのか、

五体の動きと感覚を喪失した己を悟らされた。

茫漠たる闇に点る松吉の明かりを頼りに足先で岩場を探り、それを慎重に確めて体を乗せる。

なんとも遅々たる歩みの下降だった。

岩場に伝い流れる冷水が影二郎らを足先から冷やしていった。

時に地鳴りのような轟音が近付き、遠ざかった。

影二郎は承知していた。

華厳の滝近くの地中に古《いにしえ》の噴火が穿った洞窟があって、その洞を影二郎らは胎内巡りのように沈降しているのだ。

暗闇に轟く圧倒的な音の連続に影二郎らの五感は尋常を失い、狂気の一歩手前にいた。

だが、狂気に落ちることなく最後の正気を保ち続けたのは松吉への信頼であり、松吉が掲げる一つの明かりだった。

ひんやりとさらに冷たい風が足元から吹き上げてきた。

足元の闇からあかが吠える声を影二郎は聞いたように思えた。だが、それは正常な聴覚が捉えた吠え声ではなく、影二郎が願う幻聴だったようだ。

さらに下降が続き、ふいに冷たく光る壁が影二郎らの視界にぼんやりと浮かんだ。それに向かっての下りが続き、不意に終わった。影二郎の眼前に何百何千もの氷柱《つらら》が垂れ下がっているのが見えた。そして、これまで聞いてきた調べとは異なる音色の音が響いていた。

松吉が提灯の明かりを吹き消した。

氷柱の壁は高く広く連なっていた。

氷室《ひむろ》に入った寒さで影二郎らの唇は紫色に変わっていた。

再び行進が始まった。今度は氷柱の壁を透過するぼんやりとした光に誘われて水平に移動していくのだ。

影二郎らは華厳の滝、氷の岩棚の内側を進んでいた。

段々と前方からの光が強まり、轟音が背後へと遠のいて消えた。

影二郎らの視界に岩場に枯れ残った楓《かえで》の赤色が飛び込んできた。木々の向こうに流れが小さく岩を食《は》んでいる光景が望めた。

一行は中禅寺湖下の岩場に這い上がり、辺りを見回した。

雪の谷間を縫うように大谷川《だいやがわ》が流れていた。

なんとも美しい眺めだった。

「冥途《めいど》からこの世に戻ってきたぜ」

参次が呟いた。その瞼には涙が光っていた。

影二郎も新しく蘇った清々しい気分に見舞われていた。

馴染みの大谷川だった。

影二郎らは足を止めて暗黒世界を振り返った。そして、生きてあることを黙したまま味わっていた。

寒さも飢えも超越した至福の時が三人の男と犬を包んでいた。

音の奔流で聞こえなくなっていた聴覚と暗黒の闇で弱まっていた視力が段々と平常に戻ってきた。

松吉が立ち上がり、背に負ってきたエンフィールド連発銃を下ろすと影二郎に渡した。

「行くか」

「へえっ」

と応じた松吉が、

「夏目様、なんとか忠治親分を助けておくんなせえ」

松吉は影二郎が忠治の首を斬りに奥州路へ行くことに拘《こだわ》っていたのだ。そう言うと不意に岩場から林の斜面に飛んでその向こうに姿を没した。

どれほどその岩場で時を過ごしたか。

「夏目様」

参次が呼びかけた。

「松吉さんはどちらに行かれたんで」

山案内人の務めを果たした松吉は、再び上州に戻っていったのだ。

「もはやわれらの前に戻ってはこまい」

参次が松吉の消えた林を見た。

岩場に立ち上がった影二郎は蓑を脱ぎ、エンフィールド銃を包んで肩に負った。長い銃身の先が剝き出しに出ていた。それを見た参次も真似て、蓑で包んだ。

「日光になにか御用がございますので」

その問いには答えず影二郎は大谷川の流れへと下り始めた。

一刻後、影二郎は見慣れた景色に目を止めた。

足尾宿から細尾峠越えで下ってくる銅山街道と中禅寺湖からの九十九折《つづらお》りのいろは坂からの道が合流する馬返し下の分岐だ。

その追分の橋際に黒い影が動くのも見分けられた。おそらく関東代官支配の役人か、勘定奉行公事方支配下の八州廻りか、そのどっちかであろう。

「どうなされますな、夏目様」

参次が背に負うた英吉利製の鉄砲を見た。

「ここまで持参したのだ。流れに捨てるわけにもいくまい」

「役人に咎《とが》められますぜ。いや、そんなこっちゃすまないかも知れませんぜ」

「そのときはそのときのことだ」

一行はさらに流れを下った。

参次が溜息を吐《つ》いたがそれでも影二郎に従った。

役人が流れの岸を下ってくる影二郎らに気付き、見ていた。

影二郎は八州廻りの役人ではないなと思った。

関東代官羽倉外記の手先たちだ。すでに日光界隈では来年四月の家慶の日光社参の準備が始まっていたのだ。

「どこへ参る」

橋の上から役人の一人が影二郎らを怪しみ、誰何《すいか》した。

「日光じゃ」

「背に負うておるのはなにか」

「鉄砲よ」

「なにっ、鉄砲だと。猟師にも思えぬが」

「われらは猟師ではない。背の鉄砲は英吉利製の元込め式連発エンフィールド銃でな、峠で拾うた」

「なんだと、馬鹿を抜かすでない」

街道の三叉《みつまた》を警護する役人らに緊張が走った。

火縄銃の銃口が向けられた。

「止めておけ」

影二郎らは流れの岸から銅山街道といろは坂の合流の追分道に飛び上がった。

火縄銃が二挺、影二郎と参次のそれぞれの胸に狙いを付けていた。

「そなたら、関東代官羽倉外記どのの手先か」

「なにっ、羽倉様を気安く呼ぶとは無礼な。そのほうこそ何者か」

と一行の頭分の手代が問うた。

「夏目影二郎」

「夏目だと」

「大目付筆頭道中方兼帯常磐豊後守秀信の倅だ」

「な、なんと申すか。大目付常磐様の子息とな。虚言を申すでないぞ」

幕府大目付は要職である。

関東代官の手先らが生涯口を利くこともない大物だ。その倅だと怪しげな風体の浪人が名乗ったのだ。

繁々《しげしげ》と影二郎らを確める体《てい》だ。

「不審に思うなれば、羽倉どのに問い合わせよ」

「よし、この場を動くでない。折からお代官は日光巡察中である。早馬を走らせて裁可を仰ぐ」

影二郎は空を見上げた。

夕暮れが迫っていた。

「金精峠越えでちと草臥《くたび》れた。われらは日光宿門前町の旅籠〈いろは〉に今宵は投宿致す。羽倉どのにそう伝えよ」

影二郎が歩き出した。

「待て、待たぬか。鉄砲を負うた者を日光に入れられるものか」

「申したぞ。旅籠〈いろは〉に滞在するとな」

影二郎が歩き出すと火縄銃の銃口が突き出され、

「撃つぞ」

と小者が顔を引き攣《つ》らせた。

「止めておけ。羽倉どのに叱責されるがおちだ」

影二郎は銃口を払いのけると歩き出した。その傍らに怯えた顔の参次が従い、その前をあかが行く。さらに関東代官支配の手先たちが影二郎らを囲んで移動していく。

珍妙な行列は門前町鉢石の〈いろは〉の玄関先まで続いた。

番頭が呆然と影二郎らを出迎えた。

「こちらにみよが勤めておるはずじゃが」

「みよですと、そなた様は」

「夏目影二郎と申す」

「な、夏目様！」

番頭は夏目の名を承知か、奥へと飛んで消えた。

影二郎が細尾峠を越えてみよを日光の旅籠〈いろは〉に届けたのは、天保七年の夏のことだった。

影二郎には六年ぶりの日光再訪ということになる。

若い女が姿を見せて影二郎を見た。見目《みめ》麗《うるわ》しく育ったみよだった。

「みよだな」

頷いた女の表情が崩れ、

「夏目影二郎様」

と呟いた。

みよの視線が影二郎の足元に従うあかに移り、その瞼に見る見る涙が溢れてきて、

「夏目様、あか！」

と叫ぶと影二郎の胸に飛び込んできた。

四

影二郎は旅籠〈いろは〉の帳場に通された。

影二郎とみよが知り合ったのは六年前のことだ。

天保七年の夏、やくざの荒熊《あらくま》の千吉《せんきち》一家の目を逃れ、みよは利根川平塚河岸から上州へと渡り、日光門前町の旅籠〈いろは〉の女中頭の叔母を頼って逃げようとしていた。

千吉は父親が借りた僅かな借金のかたに、鄙《ひな》にはまれなみよの美貌に目を付け、悪所に売り飛ばそうとしていたのだ。

影二郎は父親の常磐秀信に伝馬町の牢屋敷を密かに出され、関東一円に火野初蔵ら六人の関東取締出役を始末するべく影御用に就いたばかりだった。

利根川の流れで間引かれようとした子犬のあかを拾った直後、葦原から密かに小舟で対岸に渡ろうとしていたみよとその父親に出会ったのだった。

父親は娘の運命を子犬の命を助けようとする影二郎に託した。

荒熊の千吉一家の手を逃れ、影二郎とみよ、そして、子犬のあかの逃避行が始まった。

影二郎は千吉らの一家と戦いを繰り返しつつ、銅山街道細尾峠を越えて、日光の旅籠〈いろは〉に届けた。

「夏目様、その節はようもみよを助けて下さいました」

と改めて丁重に挨拶するみよは、娘からしっとりとした落ち着きと美しさを湛える大人の女に成長していた。

六年の歳月はこうも女を変えるものか。

正直、影二郎も驚きを隠しきれなかった。

「夏目様の話を何度みよから聞かされたことにございましょう」

と旅籠〈いろは〉の主《あるじ》の幹右衛門《みきえもん》に倅の光太郎《こうたろう》らが次々に影二郎を歓待する言葉を重ねた。

「みよ、なにやら事情が変わったようだな。六年前には女中頭の叔母を頼っての旅であったが」

「夏目様、二年前、叔母が流行病《はやりやまい》で亡くなり、今年の春には光太郎さんと所帯を持ちました」

みよは実直そうな若主人の光太郎と顔を見合わせ、微笑んだ。

「叔母が亡くなったのは残念じゃが、幸せを摑んだようじゃな」

「はい」

みよの紅潮した顔には、危難を乗り越えて自らの手で幸せを摑んだ自信が溢れていた。

「夏目様、よう日光に参られました。みよの命の恩人にございますればいつまでも逗留なされて下さいまし」

舅《しゅうと》の幹右衛門が影二郎に重ねて願った。

「主、おれもみよがどうしておるか、この六年、あれこれ思わぬことはなかったがこれで安心致した。先を急ぐ道中だ。長逗留は出来ぬ、一夜の宿を願おう」

「一夜と申されず何日でもご逗留くださいまし。来春には公方様の日光社参の大行列もございます」

みよの亭主の光太郎も影二郎に親身に乞うた。

「光太郎、みよ、われらが関東代官の手先を引き連れてこちらに参った騒ぎ見たであろう。長居致さばこちらに迷惑がかかる、一夜でよい」

と影二郎が答えたとき、玄関先に馬蹄が響いて再び騒ぎが始まった。

「関東代官羽倉外記様、ご出張りである。主はおるか！」

弾んだ息ながら大声が響き渡った。

「お代官様直々にお見えとは何事にございましょう」

と幹右衛門が驚愕し、立ち上がろうした。そして、影二郎らが蓑に包んだ鉄砲を持参して〈いろは〉に姿を見せたことを思い出した。

帳場の隅には同行の参次がいて、その傍らには英吉利製元込め式エンフィールド連発銃二挺が恐ろしげに銃口を曝してあった。

参次もどうしたものかという顔で影二郎を見た。腰を浮かしかけているところを見ると思わぬ展開に怯えた様子が窺えた。

「主、ほれ、厄介がすでに始まったわ。相すまぬが羽倉どのを座敷に通してくれぬか」

「夏目様、お、お代官様でございますぞ」

幹右衛門は事情が分からぬという顔付きで影二郎を見た。

「面識はないがのう、案じることもなかろう」

平然と答える影二郎の正体をどう見ていいか、旅籠の主の目玉がきょろきょろと動いた。そこへ廊下に足を踏み鳴らす音が響いて、十手を構えた関東取締出役が土地の御用聞きを引き連れて飛び込んできた。土足のままだ。

「鉄砲持参の浪人者とはそのほうか」

「小池様、怪しい方ではございませぬ。うちの嫁をやくざの手から助けてくれた恩人にございます」

仰天した幹右衛門が八州廻りの小池三助に叫んでいた。

血相を変えた小池は幹右衛門の言葉など耳に入らぬらしく、目敏く帳場の隅に置かれた鉄砲に視線をやり、

「おおっ、やはり、こやつ、鉄砲を持参しておるぞ」

と十手を構え直した。

「小池とやら土足であがるとはちと非礼である、玄関に脱いで参れ」

と影二郎が静かに命じ、なにっ、と小池が気色ばんだ。そのとき、

「これ、騒ぐでない」

と言いながら壮年の陣笠の武家が姿を見せて、帳場の敷居前にぴたりと正座した。

その行動にその場にある全員が仰天した。

「羽倉様、こやつ、鉄砲持参の胡乱《うろん》な奴にございますぞ」

「静かに致せ。その方ら、土足ではないか。脱げ脱げ」

と命じた羽倉は足袋裸足だ。

小池らが慌てて草履を脱ぐと懐に突っ込み、

「お代官、この者、何者でございますな」

とそれでも訊いていた。

「小池、その方は馴染みがないか。夏目瑛二郎様と申されて、大目付筆頭道中方兼帯常磐豊後守様の子息であられる。その方《ほう》らがいきり立っても到底敵《かな》うお方ではない。江戸はアサリ河岸の士学館鏡新明智流桃井春蔵道場で位の桃井に鬼が棲むと恐れられたお方だ」

と羽倉が小池らに平静な口調で告げた。

影二郎はその言葉遣いに羽倉外記の人柄を理解した。

「夏目瑛二郎様、改めてご挨拶申し上げる。お初にお目にかかる。それがし、関東代官羽倉外記にござる」

と影二郎に対して丁重にも挨拶した。

「羽倉どの、素浪人にご丁重なるご挨拶痛み入る。夏目影二郎にござる」

一同、この場の予想《おもい》もかけない展開に言葉もなく茫然自失して二人のやり取りを見ていた。

幹右衛門など両眼を見開いて信じられないという風情であった。

関八州の幕府直轄領を治める代官は中大名の規模に匹敵する領地を支配していた。国定忠治を初めとして渡世人、やくざを取り締まる八州廻りの上役でもある代官が山から鉄砲を負って下りてきた怪しげな浪人に丁重に挨拶したのだ。さらにその浪人者が幕閣の一人、大目付の倅というのだ。

同行の関東取締出役小池三助も啞然と影二郎を見ていたが、慌てて廊下の隅に飛び下がって座した。

「それがしのほうから代官所に出向こうと思うておりました。羽倉どの自らご出馬とは恐縮にござる」

「江川太郎左衛門様からあれこれと夏目様のお噂は聞いておりましたがな、噂に違《たが》わずの神出鬼没ぶりに羽倉外記、ちと狼狽しており申す」

伊豆代官江川太郎左衛門と影二郎は昵懇の間柄であり、多くの騒ぎを一緒に体験してきた仲だ。

同じ代官として城中詰めの間《ま》が一緒の羽倉は太郎左衛門の口からあれこれと影二郎のことを聞かされているようだった。

「あの南蛮鉄砲にお手先たちが驚かれるも無理はござらぬ。なにしろ来年には将軍家の日光社参も控えておる。そのお仕度の最中、世話をかけて申し訳ござらぬ」

「どうなされましたな」

と羽倉が影二郎に聞いた。

「酔狂にも金精峠越えで日光へと下って参りましたがな、丸沼八角堂付近で赤装束、背に稲妻模様を染め出した女忍びの一団に襲われました。その女めらが持参していた英吉利製元込め式エンフィールド連発銃にござる。二挺ほど入手致したで、羽倉どのに手土産代わりに持参した」

と説明した影二郎が、

「参次、羽倉様に鉄砲玉と一緒にお渡し申せ」

と命じた。

参次が慌てて蓑を取って二挺の連発銃を羽倉の前に押し出した。羽倉はその一挺を手に仔細に調べていたが、

「ほう、これを赤装束の女忍びが携帯しておりましたか」

「野州近辺では珍しい鉄砲かと存ずる。それがしがお返し申せと言うたは、江戸から流れた品と思うゆえだ」

と答えた影二郎が、

「主どの、みよ、ちと羽倉どのと二人だけで話がしたい。この家の座敷を借り受けたい」

と幹右衛門に願った。

二人の会話をただ驚きの表情で見ていた幹右衛門が、

「はっ、はい。早速にご用意致します」

と帳場から慌てて立っていった。

夏目影二郎と関東代官羽倉外記の内談は酒を酌み交わしながら一刻半にも及んだ。

二人だけの座敷に酒肴を運んだのはみよ一人だ。

みよは最初表情が硬かった羽倉外記の表情が話を重ねる内に段々と和むのを感じとっていた。だが、そのみよとて、なにが二人の間に話されたか、知る由もない。

〈いろは〉を立ち去る羽倉が見送りに出た影二郎に、

「夏目様、一日だけ猶予を下され」

と願い、みよは影二郎が明朝には日光を出立する様子はないことを知った。

馬に揺られた羽倉を御手先一行が警護して代官所に戻っていく後姿を見ながら、影二郎が、

「みよ、幸せじゃな」

と問うた。

「今の幸せは夏目影二郎様が授けて下さいましたものです。利根川河原の出会いがもたらした幸せでございます」

二人の立つ玄関先から黒々とした日光東照宮の森が見えた。二人のそばにいるのはあかだけだ。

「六年前のことであったか」

「そうです、六年前の夏の朝にございました」

二人は流れた歳月を繰り返し口にした。

「おれは腹を空かしたあかを拾うたところだった。そなたは大事な食い物を、蒸かし芋を分けてくれたな」

「あの折も不思議なお侍と思いました。今また夏目影二郎様に驚かされております」

「おれはそなたほど変わってはおらぬぞ」

「まさかお父上様が大目付常磐様とは努々《ゆめゆめ》考えもしませんでした」

「妾腹よ」

とだけ答えた影二郎は酒に火照った体を醒ましたい気持ちに駆られた。

「あか、供をせよ。神君《しんくん》家康公の御廟にお参りして参ろうか」

「それでは酔いが醒めたとき、お風邪を引きます。お待ち下さい」

着流しの影二郎の姿を見たみよが直ぐに帳場にとって返し、影二郎の南蛮外衣を持参した。そして、自らは提灯をぶら下げていた。

「みよが案内すると申すか」

「土地の人間がご一緒したほうが要らぬ騒ぎも起こりますまい」

みよの提灯の明かりに導かれて、影二郎とあかは大谷川の流れに架かる神橋を渡った。

「夏目様は忠治親分を今もお斬りになるおつもりにございますか」

「覚えておったか」

「はい」

「此度も旅の目的は忠治を斬ることよ」

「六年の歳月が流れております。それでも夏目様は忠治親分をお斬りになると申されるので」

「みよ、流れ去った歳月の間におれと忠治は幾たび会い、別れたか。助けたり助けられたりする仲よ」

「ようございました。夏目様と忠治親分なれば絶対に仲良くなれます」

石段の左右に杉の並木が夜空を突いていた。常夜灯の明かりが参道を照らし、影二郎らは御本坊に出た。

「おれとみよが赤城山の忠治の砦を訪ねたとき、忠治には軍師の日光の円蔵を始め、三百余人といわれる子分が顔を揃え、関八州に広がる盗区を治めていたな。威勢盛んな時節であったわ」

盗区とは幕府の権限を超えて関八州に威を張る国定忠治の縄張りのことだ。この言葉を最初に使い出したのは羽倉外記といわれる。いわば幕府の支配下を離れた自治区のことだ。

「覚えております」

「みよ、その忠治にはもはや円蔵も才市も頼りになる子分一人としていない。忠治一人が長脇差を抱いて独り旅を続けておるのだ」

みよが頷いた。

「みよ、おれはあやつを幕府の役人らの縄目に掛けさせたくはないのだ。関八州ばかりか奥州、信州、越州と威勢を轟かせた忠治の首を獄門台の上で見たくないのだ」

みよが嫌々をするように首を横に振った。

「そのことを忠治が一番承知しておろう。だからこそ故郷の上州を離れて奥州路をさ迷っておる。おれはな、威勢を張った時代の忠治を斬れなかった。だが、今、胸に孤独を抱いて旅をしている忠治を斬るに躊躇はしない。おれしか、忠治の最期《さいご》を飾る人間はおらぬ」

みよが足を止めた。

「夏目様はこの六年ほんとうに親分と交情を重ねてこられたのですね」

「みよ、そなたに虚言を弄する気はない。おれほど忠治の気持ちが分かる人間はおらぬ。だからこそ、忠治の後を追うのだ。分かるな、みよ」

「みよには夏目様のお気持ちも忠治親分の寂しさも分かります。ですが、お役人方は忠治親分が上様のお行列を襲うと申して厳しい警護を今から続けておられます」

「忠治の名を利用して何事か企んでおる連中のやることよ」

二人とあかは再び石段を上がり、手水所《ちようずしよ》で口と手を浄めた。玉砂利を踏んで陽明門の下に立った。

夜間のこと、当然門扉は閉ざされていた。

影二郎とみよはその場から東照宮本殿に向かい拝礼した。

「みよを〈いろは〉まで送って来られた夏目様は、私が叔母に会って下さいと願っても断られました」

「そうして、こう申されたのです。みよが日光で幸せに暮らせるように権現様《ごんげん》に頼んでおいた、と」

「そんなこともあったか」

「そんなことを申したか」

「私はたった今、権現様に願いが叶いましたとお礼を申し上げました」

「みよが幸せなればおれの無頼旅も功徳があったということだ」

鬱蒼とした大杉の頂きがざわざわと揺れた。

あかが夜空を見上げて、ううう っ、と唸った。

赤い影が枝から枝を伝い、飛翔していた。

「なんでございましょう」

「あれか、金精峠下の八角堂でわれらを襲った女忍びよ」

「お代官様に渡された南蛮鉄砲を持つという人たちですね」

「いかにもさようだ」

「また悪さをしようというのでございますか」

「さあてのう」

と影二郎が応じたとき、

ひゅっ

という風を切る音がして、赤い影が虚空に浮かび、影二郎らに向かって飛来してきた。赤い衣装を両手で広げ、まるでムササビのように滑空していた。

「みよ、この場にしゃがんでおれ」

みよがしゃがみ、両手で顔を覆った。

あかがみよを守るように四肢を踏ん張って飛来する赤い影を睨み付けた。

今や飛来する赤装束は三つ、四つを数えていた。女たちは口に両刃の短剣を銜《くわ》えていた。

影二郎の手が肩に掛けた南蛮外衣の片襟を引き抜いた。その直後に影二郎の前後から赤いムササビが襲いきた。

南蛮外衣が黒と赤の花を咲かせたのはその瞬間だ。両裾の端に縫い込まれた銀玉二十匁が飛来する赤いムササビを叩き落とし、玉砂利に転がした。さらに二匹のムササビが襲ってきたが影二郎の手首のひねりから生み出される南蛮外衣が迎撃して跳ね飛ばした。

一瞬の旋風が東照宮の御本坊広場に吹き渡り、赤いムササビが姿を消した。

「みよ、終わった」

顔を上げたみよが夜空を見上げた。

ざわざわと杉の枝が鳴っているばかりだ。

「みよ、戻ろうか」

影二郎の穏やかな声が言った。

第三話　雪の道中

一

日光道中今市《いまいち》と会津若松を結ぶおよそ二十五里（百キロ）の街道を会津西街道と称し、下野街道、あるいは南山《みなみやま》通りとも呼ばれた。関東と奥羽を結ぶ街道の一つであり、若松から米沢《よねざわ》へと延びる十四里（五十六キロ）の米沢街道を加えて会津街道とも総称される。

この街道を二頭の馬が疾駆していた。先頭を行く栗毛の馬には南蛮外衣の裾を翻して跨《またが》る夏目影二郎が手綱を取っていた。その鞍の左右に振り分けられた竹籠があって右にあかが乗り、左手にはあかと同じ重さの荷が積まれて左右の均衡を保っていた。

続く二頭目には六郷の参次が三度笠に道中合羽を着込み、必死の形相で鞍にしがみ付く姿があった。

一日目、影二郎は馬に慣れぬ参次を気遣い、ゆったりとした早さで馬を走らせた。それでも参次は何度も落馬した。だが、影二郎に容赦はない。参次は鞍に跨るしか方策はなかった。

七つ（午後四時）前、ようやく二頭の馬は歩みを止めた。

この日、今市、藤原宿を経て高原峠を越え、五十里《いかり》宿まで鬼怒川の谷間《たにあい》の道を七里ほど駆けたことになる。

影二郎にとって馴染みの会津西街道だ。久しぶりの風景を鞍上から楽しみつつ手綱を操ってきた。竹籠の中に敷かれた座布団に丸まって移動してきたあかもまた平然としたもので、竹籠から下ろされると悠然と小便をしてみせた。

一方、参次は五十里宿に到着したとき、体じゅうが痣《あざ》だらけで膝はがくがくしていた。

「夏目様、わっしは機織屋の倅ですよ、馬に乗る身分じゃございません。徒歩で行くというわけには参りませんか」

と旅籠の湯の中で青あざを示してぼやいてみせた。

影二郎らは日光門前町の旅籠の〈いろは〉に二日ほど止《とど》まった。

それは関東代官羽倉外記が関八州から奥州路に抜けた国定忠治の足取りを改めて集めるために要した日にちだった。

「夏目様、これ以上無駄足を踏むことはございません。奥州に入ればわっしが忠治親分の下へ夏目様を確かにご案内申しますよ」

と忠治の遣いを自称する参次が出立を迫ったが、影二郎はじっと我慢して羽倉の連絡を待った。

来年に家慶の日光社参を控えた日光にはすでに幕府の出先機関が設置されていた。そこには江戸と同様に日光道中の安全に関するあらゆる情報が集まってきたのだ。

その情報の一つが国定忠治の動静を伝えるものであったのだ。

影二郎は日光に止まる間に江戸にいる常磐秀信に宛てて近況を知らせ、近々奥州路に入ることを伝えていた。なにより秀信の密偵菱沼喜十郎《ひしぬまきじゅうろう》とおこま親子の到来を願っていた。だが、二人は影二郎が江戸を発つとき、飛騨《ひだ》路に御用旅に出ていた。日光にも姿を見せぬというのは未だ御用旅から戻っていないということだ。

影二郎が今市から船生《ふにゅう》、玉生《たまにゅう》、矢板を経由して奥州街道大田原《おおたわら》へと抜ける街道を避け、会津西街道を選んだ理由は、

「忠治、会津若松城下に現わる」

との情報が羽倉外記から齎《もたら》されたことだ。それも数日前のことだという。

「参次、明日から馬で会津西街道を参るぞ」

と宣告した影二郎は羽倉外記に願い、馬を都合させたのだ。

「わっしは渡世人でございますよ、馬なんぞと縁がございませんや」

と抵抗する参次に、

「鞍から落ちぬように馬の首っ玉にしがみついておれ」

と影二郎の返答はにべもなかった。しばし思案していた参次が、

「覚悟を決めました」

「それがよい。忠治は八州廻りに追われる身だ。一刻も急いでいかねばまたどこぞへと姿を消すぞ」

「夏目様、わっしの案内に従っていればとっくに忠治親分と再会を果たしておりますぜ」

「参次、おれをどこへ連れて行こうとしておるのだ」

影二郎が初めて参次に尋ねたものだ。

「それは夏目様にも申せませんや。なにしろ夏目様は関東代官羽倉様と通じておられる上に親父様が大目付道中方だ。親分の不倶戴天《ふぐたいてん》の敵、八州廻りに筒抜けに話が洩れら

あ」

「ふうん」

「わっしを信用して頂けないので」

「参次、おれと忠治の仲を知る人間は限られておる。忠治の遣いと称して姿を見せたおまえをそうそう簡単に信頼できるものか」

影二郎の頭には蝮の幸助のことがあった。幸助が存命なれば忠治の遣いを果たすのは蝮の幸助の他にはいない。幸助が姿を見せないということは日光の円蔵らと同じ運命を辿ったか、遣いに立てない事情があるのだ。

参次は蝮の幸助のことを一言も話さなかったし、影二郎も聞こうとはしなかった。

「江戸のお長屋を訪ねて以来、もうすでに十数日も無駄をしておりますよ」

「追われる忠治が一日たりとも同じ隠れ家にじっとしておると思うか。おめえがおれを案内する地に忠治が留まっている保証はなにもねえ」

「そんとき、親分はわっしだけに分かる手がかりを残していかれる約定なんでございますよ」

「参次、五街道を監督する幕府の道中方にもたらされる情報はなによりも確証が高い。会津若松城下で忠治の姿が見られたということは、おまえがおれを案内しようとした地から動いたということではないか」

「だからさ、夏目様があれこれと遠回りされるから親分が業を煮やして動いたってことですよ」

「ならば会津に急ぐぞ」


騎馬行二日目、会津西街道の最大の難所、下野と陸奥《むつ》の国境に跨る山王峠の難所越えが待ち受けていた。

この日、五十里から糸沢宿六里十八丁をなんとか昼前に乗り切った。さらに田島宿まで二里十六丁、楢原《ならはら》宿へ一里三十四丁、倉谷宿まで三十二丁、さらに大内宿まで二里二丁と馬を宥《なだ》めながら走破した。七つ発ちで大内宿に着いたときは日がとっぷりと暮れていた。

宝暦十一年にこの街道を抜けた幕府の奥羽松前巡見使が、

「山道険阻也」

と書き記したほどの街道の山道を一日十四里ほど稼いだのだ。

馬ならではの道程だった。

大内宿は江戸初期の屋敷割が残る宿場で同じような藁葺きの旅籠が街道の左右にあっ

た。

影二郎が馬を止《と》めたのは大内宿本陣の門前だ。

あかを竹籠から下ろすとすでに閉ざされた長屋門をどんどんと叩いた。

「頼もう」

影二郎の声に本陣の男衆が通用口から姿を見せて、

「浪人さん、ここは旅籠ではねえ、本陣だよ」

と通用口を閉めようとした。

影二郎の片足が通用口を跨いだ。

「馬の世話を願いたいのだ」

「だから、うちは会津様方、大名家の武家が泊まる本陣だと言っておるだ」

影二郎は男衆を肩で押すと本陣の敷地に入った。

「待って下せえ、名主様に叱られるだ」

という男衆の声を無視して本陣母屋に入った。乗り物がそのまま屋根の下に入れるように土間は広く、天井は高かった。むろん馬小屋も付いていた。

「おまえ様はどなたかな」

本陣の主か、板の間から影二郎を年寄りが睨み付けた。

「主どのか、一夜の宿りを願おう」

男衆が影二郎を追って姿を見せ、経緯を主に告げた。

「奉公人が申しましたようにうちは本陣にございますよ」

「いかにも承知だ」

「本陣とは大名家、幕府御用役人様御用達《ごようたし》にございましてな。浪人様のお泊まりの旅籠はいくらも宿場内にございます」

「主、馬の世話を願いたいのだ」

「馬ですと」

年寄りが訝しい顔をした。

影二郎は懐から書付を取り出すと年寄りに渡した。

「これはなんでございますな」

と書付を行灯《あんどん》の明かりに翳した年寄りが表書きに視線を落して驚きの表情に変え、影二郎の風体を改めて確かめた。そこへあかと参次が土間に入ってきた。

「この方々は」

「おれの連れだ」

呆れ顔の年寄りが書付を慌てて披《ひら》き、

「な、なんと」

と呟き、

「五作、こちら様の馬の世話を」

と男衆に命じた。


四半刻後、影二郎らは本陣の囲炉裏端で酒を飲んでいた。

自在鉤には鉄鍋が提げられ、鯉鍋がぐつぐつと煮えていた。

会津西街道は山を抜ける街道だ。どこも貧しく厳しかった。

天明の大飢饉を経験した米沢藩主上杉鷹山《ようざん》公は、二十年の歳月をかけて藩内の食糧事情の改革改善に乗り出し、その一環として会津相馬から鯉の稚魚を取り寄せて、養殖を始めた。その鯉の飼育が会津西街道一円に伝えられたという。

清流と冬の寒さに馴染んだ鯉は会津街道の名物となり、幾多の飢饉も乗り切る貴重な食料源となっていた。

味噌仕立ての鯉鍋の匂いが囲炉裏端に漂い、影二郎らの胃を刺激した。

馬に揺られているととても昼餉など食する気にはなれなかったし、馬を休める暇はなかった。

影二郎らはその日の宿に落ち着き、湯に入ってようやく旅塵を落としてようやく空腹を知らされるのだ。

「夏目様、戸田川の流れ宿には驚きましたが、今度は本陣泊まりだ。犬連れの浪人と渡世人が会津様並に同じ屋根の下で一夜を過ごすなんて、滅多にあるもんじゃございませんぜ。さすがに大目付の隠し子だ」

「嫌なれば明日は流れ宿を探そうか」

「わっしはこっちがようございます」

と桐生の機織問屋の若旦那だった参次がきっぱりと言い切った。

「明日には若松城下に着く。さすれば忠治の動向が知れよう」

「会えますかね」

「そなたは案内人ではないのか」

「夏目様に出鼻をくじかれ、訪ねて行く先の当てがなくなりました。うまく親分の足取りが摑めればよいのですがね」

と参次が他人《ひと》ごとのような返事をした。

「まあよい。おれと忠治はなんとのう、互いの居場所を嗅《か》ぎ分けることが出来るでな。この影二郎とあかが反対におめえを忠治の下へ導くことになるやも知れぬわ」

「となるとわっしの役目はなんでございますな」

「そこよ。どうだ、六郷の参次、そろそろ正体を曝さぬか」

「正体もなにもわっしは渡世人の参次にございますよ」

「つらつら考えておったがな、忠治から遣いを貰ったことはないこともない。だが、そんなときの遣いはいつも同じ人物よ」

「蝮の幸助さんにございますな」

と初めて参次がその名を口にした。

「承知か」

「むろん知ってます」

「蝮を遣いに出せないほど忠治は追い込まれておるか。あるいは参次、おめえが偽の遣いか。どっちにしろ二つに一つであろう」

「夏目様はそう疑いながらもわっしの誘いに乗られたので」

「なんぞ策を弄する考えなれば、参次、先反佐常が閃いて素《そ》っ首を落す前に姿を消せ。さすれば命だけは助けてやろう」

と影二郎が参次を睨んだ。

「夏目様、脅かしっこなしですぜ。わっしは正真正銘の忠治親分の遣いでございますよ。

親分の煙管だって持参してきたでしょうが」

「煙草吸いの忠治の気性を考えるとき、あやつが愛用の煙管を他人に預けるものかどうか、怪しいのう」

じろり
と影二郎が睨み、参次が首を竦めた。

「夏目様、蝮の幸助さんは遣いに立とうにも立つことが出来ませんので。奥州街道須賀川宿で八州廻りに追い詰められて川に飛び込み、溺れ死んだんでございますよ」

「蝮が溺れ死んだと」

「岸辺に這い上がろうとする幸助さんを役人めらが竹竿で突き転ばしては何度も流れに落とし、弱ったところを竿の先で水中に押さえ込んで溺れ死にさせたんでさあ」

「蝮が死んだか」

影二郎の胸にふいに寂寥《せきりょう》が走った。

「参次、虚言ではないな」

「人の生き死にですぜ、嘘なんか申しませんよ」

「そうか死んだか」

影二郎は盃を摑むと蝮の幸助のためにしみじみと口に含んだ。

その夜、控え座敷に眠る参次がむっくりと起き上がり、枕元の旅仕度を抱えてそっと本陣から抜け出す気配を影二郎は察知したが動こうとはしなかった。

翌朝、影二郎は大内宿をあかを竹籠に載せて予定通りに立った。

一頭残った馬は、日光の関東代官役所に送り届ける手配をして残すことにした。

大内宿を出ると直ぐに高さ二千七百余尺の大内峠が待ち受けていた。

「大内峠はなみだでのぼる、エエィ
泣いたなみだが、エエィ、沼になるよ」

と馬子が下郷甚句《しもごうじんく》を歌いながら峠道を下ってきた。

「犬を連れて馬で峠越えか、楽旅じゃな」

「峠は雪か」

「朝方は降ってなかったがのう、お侍、そろそろ根雪の季節じゃぞ。馬の足を滑らせぬようにな、気を付けていきなされ」

「そなたもな」

と馬子と擦れ違った。

峠は狭く急勾配になった。

影二郎は馬を下りると手綱を引いて進んだ。あかも藁籠から下りるかという顔で主を見たが、

「あか、おまえが下りれば馬の荷が傾くぞ。乗っておれ」

と止めた。

「あやつ、会津に先行しおったか。なんぞ仕掛けるとすると峠越えかのう、あか」

と話しかけたが、あかは藁籠がよほど気に入ったか、大内峠の欅《けやき》の大木を楽しげに眺めていた。

峠を難なく越えると雪が降り出した。馬子の言うとおり根雪を予感させる、静かな雪の降り方だった。

行く手に磐梯山《ばんだいさん》が見えてきた。すでに頂きは白い雪を被っていた。

再び影二郎は馬上の人になった。

大内宿から会津若松城下まで五里半の道中だ。

もはや急ぐこともない。関山宿から福永宿までわずか半里、福永宿の一膳飯屋に馬を繋ぎ、朝餉を摂ることにした。

「姉様《あねさま》、あかになんぞ食い物を分けてくれぬか」

影二郎の言葉に十七、八の娘が、

「馬に犬を乗せての道中とは珍しゅうございます、浪人さん」

と笑いかけた。

「麦飯に味噌汁をぶっかけたもんでいいだか」

「われら主従、贅沢は言わぬ。それでよい」

と馬とあかを残して、影二郎は一膳飯屋の土間に入った。

暗い土間では囲炉裏の火があかあかと燃えて煙ももうもうと立っていた。一間先の顔の見分けもつかない囲炉裏端で旅人がひとり暖をとっていた。

影二郎は、一文字笠と南蛮外衣を脱ぎ、空いている囲炉裏端に座した。すると炎と煙の向こうから影二郎に笑いかけた男がいた。

頬被りした姿は杣か、猟師という恰好だ。

「蝮、須賀川宿で溺れ死んだと昨夜聞かされたばかりだ。もう迷って出てきたか」

「南蛮の旦那、蝮は頭を潰されてもそう簡単には死なないものだぜ」

幸助は手ににごり酒の丼を抱えていた。

「姉さん、こっちににごり酒を一つ貰おうか」

と幸助が台所に叫び、嬉しそうな顔で影二郎の傍らに移動してきた。

二

蝮の幸助の顔には縄張りの盗区を追われた渡世人の疲労の色がこびりついていた。それは関東取締出役に追われる厳しい日々を示していた。

影二郎はにごり酒の丼を幸助の丼の縁と打ち合わせ、再会を喜び合った。

二人は黙したまましばし酒を飲んだ。

ふうっ

と幸助が大きな息を吐き、

「急に尻に火が付きやがった」

と呟いた。

「蝮、おれが豆州に助けを頼んだことと此度の騒ぎは関わりがあるか」

影二郎は一番気になっていたことを尋ねた。

幸助が頬被りの顔を上げ、影二郎を見た。

「南蛮の旦那、物事が急転するときは原因《もと》がいくつもかさなるものだ。豆州行きがそうかと問われればそうかも知れねえ。だが、それだけで急に一統がこんな風に欠けるものか」

「円蔵がやられたそうだな」

「やられた」

と応じた幸助がにごり酒を口にし、

「南蛮の、すべては親分と一家のおごりから崩壊が始まったんだ。おれたちは関東取締出役を気にかけてもいなかった。どれほど盗区内で大暴れし、あやつらを虚仮《こけ》にしていたぶったか知れねえ。八州廻りの旦那方に怒りが溜まっていたことをつい忘れていた」

と幸助は言った。

囲炉裏端で交す会話は小声で他の客には聞こえない筈だった。なにより朝餉に立ち寄った旅人は急いで麦粥を啜り、体を温めると直ぐに出ていった。

「八州廻りの道案内を務めていた中島の勘助と太良吉《たろきち》親子を親分の甥の浅次郎ら八人が上州勢多郡八寸村の借家に襲い、始末したのは今年の九月八日のことだ。親分も円蔵兄いもこの騒ぎには関わってねえ。その後のことよ、旦那から豆州への助っ人を頼まれたのは。親分は八州廻りが厳しい網を張る上州、野州、信越を一時離れて豆州に身を寄せるのも悪くねえと直ぐに旦那の誘いを受けなさった。だから、親分の豆州行きが此度の親分の苦難を誘ったとは言い切れねえ。だがな、旦那、豆州から縄張り内に戻ってみると様子が一変していたのも事実だ。勘助、太良吉親子が道案内をしていたのは中川誠一郎の旦那だったよ」

中川は、影二郎も承知の敏腕苛烈な関東取締出役だった。

「ともかく勘助らを闇討ちしたことがお上の怒りに火を付けた」

幕府では国定忠治の捕縛を関東取締出役のみに任せることなく、

「此ノ事都下ニ伝聞ス、是ノ冬官尽ク捕吏ヲ遣シ、大イニ民兵ヲ発シ、又諸藩ニ命ジテ兵ヲ出シ、賊ノ走路ヲ絶ツ」

関東取締出役だけではなく関東代官、各大名家を交えての大作戦が挙行されたのだ。

勘助の闇討ちから九日目には上州、武州、信州、越州、野州一円の国境に、無宿国定村忠治、日光円蔵、八寸村七兵衛、保墨村久治郎・宇之助、下植木村朝五郎・室村茂八・孫蔵、堀口村定吉、下田中村沢五郎の十人の廻状が張り出され、一段と厳しい警戒線が敷かれた。

「豆州から縄張り内に戻っておれたちは驚いたぜ。親分が勘助の生首を持ち歩いて金子《きんす》を強請《ゆす》っているという噂が流れてよ、どうにもこうにも動きがつかねえ。その上、おれたちが大手を振って歩いてきた裏街道、国境、隠れ家が一つひとつ丹念に潰され、体を休める場所もねえ。親分はそこでちりぢりに逃走し、再起を期すことを皆に伝え、有り金を等分に分けなさった。その矢先よ、円蔵兄いが捕まったのは」

「苦労をかけたな」

と影二郎は豆州行きが忠治に油断を招いた一因と考え、詫びの言葉を口にした。

「南蛮の、最前も言ったぜ。すべての歯車が悪いほうに回り始めたのさ。幕府には来年の日光社参も控えていらあ、親分を捉まえるか、極悪人にしておくことが都合のいいことなんだよ」

と丼に残ったにごり酒を呷《あお》るように飲んだ。

「蝮、忠治の遣いという野郎がおれの長屋を訪ねてきて、忠治のところまで道案内すると言ってきやがった」

影二郎は江戸を発った理由を告げ、懐から銀煙管を出して見せた。

「こいつが忠治の遣いだという証拠というのさ」

幸助の顔に驚愕が走った。

「どこのどやつだ」

「桐生の機織問屋の若旦那で身を持ち崩して渡世人に落ちたそうだ、六郷の参次と名乗ったぜ。おめえを承知のような口調だったがね」

「そやつはおれが死んだとでも言いやがったか、南蛮の旦那」

「そういうことだ」

「野郎、どうしたね」

「昨夜までおれと一緒だったが、ちょいと脅したら夜中に逃げ出しやがった。勘がいいのか、臆病なのか。半日もしねえうちに蝮と出くわしたんだからな」

幸助が首を傾げて考え込んだ。

「南蛮の旦那、その煙管は確かに親分のものだ」

「おれにも覚えがある。それでこの話に乗った」

「だがな、一家がちりぢりに別れる折、親分が円蔵兄いに形見だと渡しなさった煙草入れよ。円蔵兄いは捕まった時も大事に持っていたろうし、となると八州廻りに取り上げられている。参次って野郎がそいつを持っているとなると、八州廻りの手先だぜ」

影二郎はしばし沈思した。

ふと視線が表に行った。

御用聞きと思える男が影二郎の乗ってきた馬に目を止めていた。

あかが馬の傍らでどうしようか迷う風情を見せていた。

くそっ

と蝮の幸助が呟き、囲炉裏端から裏口に逃げようとした。

「蝮、おれに任せよ」

影二郎が引き止めた。

「参次は八州廻りの手先じゃねえ。忠治の銀煙管がどう巡り巡って参次に渡ったか、関東取締出役中川誠一郎なれば、そんな胡乱《うろん》な手でおれを奥州路へ誘い出すまい」

「ならば、だれが旦那と親分を引き合わせようと企てる」

「おれは豆州に手を伸ばした妖怪がおれと忠治を抱き合わせで潰そうとしているとみた」

「鳥居忠耀か」

と幸助が洩らしたとき、一膳飯屋に関東取締出役の恰好をした役人と御用聞きが入ってきた。

「表に繋《つな》いだ馬はだれのものだ」

「おれの馬だが」

と影二郎が顔を上げた。

御用聞きがこれ見よがしに十手を振り回し、土足のまま板の間に上がってきて囲炉裏端の客が、さあっ、と引いた。

影二郎と幸助だけがその場に残った。

「名前を聞かせてもらおうか」

十手の先がまず影二郎を指し、さらに幸助へと移動してきて、

「おめえから名乗りねえ」

と命じた。

「八州廻りか」

影二郎が言い放った。

「なんだと、関東取締出役の旦那をてめえは蔑《さげす》むように言いやがったな」

御用聞きを無視して土間に立つ八州廻りに影二郎は言葉をかけていた。

「いかにもさようじゃが、そなたは何者か」

まだ若い顔だった。

「夏目影二郎」

「夏目」

と若い声が応じた。

「心当たりないか。それがし、関東代官羽倉外記どのの御用で会津に参るところだ」

「なんだと、羽倉様の御用だと。怪しげな百姓を連れた浪人風情がふざけたことを抜か

すねえ」

と十手持ちが十手の先で影二郎の胸を突こうとした。

影二郎の手が傍らの南蛮外衣を摑むと、さあっ、と横に払った。

裾に銀玉が縫い込まれた外衣で足を払われた御用聞きが体を浮かせると板の間にどさりと叩き付けられた。

「なにを致すか」

若い八州廻りが刀の柄に手をかけた。

「止めておけ」

影二郎は懐から書付を出すと若い八州廻りの前に板の間を滑らせて渡した。

「これを読めと申すか」

刀の柄から手を離した八州廻りが影二郎の動きに警戒しながらも書付に手を伸ばして披いた。そして、凍りついたように視線を書面に落としていたが、

「そなた様が」

と驚いたがさすがに関東取締出役に抜擢されるだけの人材、あとに続く言葉を口中に飲み込んだ。

「そなたの同僚中川誠一郎どのとは知らぬ仲ではない」

「はっ」

と畏《かしこ》まった若い八州廻りが、

「それがし、園田泰之進《そのだたいのしん》にござる。以後、昵懇《じっこん》にお付き合いのほどを」

と願った。

うーむ、と応じた影二郎が、

「そなたらの職域は関八州と心得ておる。会津西街道にまで出張ったはなにか理由があってのことか」

「はっ、凶徒国定忠治が会津入りしたとの情報があり、われら、かように会津の警戒線を強めておるところにございます」

と畏まる園田に板の間に叩き付けられた御用聞きが、

「旦那、こやつの詮議はよいので」

と腹立たしそうな顔をした。

「福造、そなた、表に出ておれ」

と命じられた御用聞きが痛みを堪《こら》えて囲炉裏端から去り、板の間の客の間にほっとした空気が流れた。

「夏目様」

と園田が影二郎に顔を寄せ、

「最前、日光より不思議な回状が送られて参りました。忠治が、三国裏街道の大戸の関、草津の渋峠、中山道の碓氷《うすい》峠、海瀬《かいぜ》に至る十石《じつこく》峠、浅間山の車坂峠、さらには利根川沿いの日光脇往還とあちらこちらに姿を見せたという回状にございまして、われら、訝しく思うておった矢先に怪しげな浪人が馬で会津西街道にあるとの情報を得たのでございます」

「おれは忠治と間違われたか」

「恐れ入ります」

「なんのことがあろう。お役目専一のご奉公感心かな、羽倉どのにそなたのこと、申し上げておく」

「恐れ入ります」

と園田が恐縮し、それでも、

「この者、夏目様の連れにございますな」

と蝮の幸助を見た。

「おれが江戸から連れてきた馬子だ。案じるな」

「はっ」

と畏まった園田泰之進が一膳めし屋から出ていった。

囲炉裏端に虚脱した空気が漂い、箸を動かすことを忘れていた客が残りの飯を掻き込むとそそくさと街道に戻っていった。

残ったのは影二郎と幸助だけだ。

「冷や汗を掻かせやがった」

と幸助が呟き、

「旦那、どういうことだ。親分の回状が信濃、越後、武蔵、下野国境にぞろぞろと送られたということはよ」

「忠治のことだ。あちらこちらに姿を見せても不思議はあるめえ」

幸助が影二郎の顔をじいっと見上げていたが、

「南蛮の旦那の仕業かえ」

と聞いた。

「日光で偶然にも羽倉外記どのと会うた。今の幕府においておくのは勿体《もったい》なき人物よ。忠治についても幕府要人とは異なり、幕藩体制の行き詰まり、失政が生んだ渡世人と考えておられる。おれも虚心に心積もりを述べた。羽倉どのも関東代官の役職と羽倉どの個人の考えの矛盾を話された。蝮、羽倉様がおれに託されたのは、一日も早く義賊らしい死に場所を国定忠治に授けてくれということよ」

「それで攪乱するような回状を関東代官から流されたのか」

「今忠治を追っているのは関東取締出役だけではない。関八州に限らず大名諸家にまで忠治捕縛の命が発せられておる。忠治一人を何万もの目が追っておるのだぞ。わずかばかりその目をあちらこちらに散らしただけだ、役に立つかどうかは分からぬ」

と答えた影二郎が、

「蝮、忠治の行方を承知か」

と杣人に身を窶《やつ》した幸助に聞いた。

「参次って野郎の言葉を疑いながらも会津西街道に入ってきたのはなぜだ、旦那」

「会津西街道は忠治にとって馴染みの土地だ。だが、信じたわけではない。だからこそ、国定村の久左衛門どのにも遣いを立てた」

ほう、と幸助が影二郎を見た。

「さすがだな」

「こちらに足を向けたのは羽倉どのが会津に姿を見せた渡世人の行動が忠治の確証の高いことを示していると洩らされたからよ」

「羽倉外記様の目は晦《くら》ませねえか」

と幸助が呟いた。

「南蛮の旦那と親分の約定を一時たりとも忘れたことはねえ。天下のお尋ね者国定忠治の首斬り役は夏目影二郎だ。だがよ、今じゃねえ、親分にも一つだけやり残したことがあらあ」

「蝮、まさか公方様の日光社参の行列に一人で突っ込むって話じゃあるめえな。忠治を天下の笑い者にするだけだぜ」

「違う」

と今や忠治の数少ない子分が言い切った。

「こいつは南蛮の旦那にも言えねえ。お上に楯つこうという話じゃねえや。親分だって痛いほど追われる身の辛さを感じてなさるんだ」

影二郎はしばし沈思した。

「蝮、時間がねえぜ」

「分かっているって」

と苛立たしそうに幸助が吐き捨てた。

「だがな、夏目の旦那もおれも未だ忠治親分の心を摑み切れてねえ。親分は円蔵兄いなく、八寸の才市もなく、浅次郎も捕らわれた今も独りで盗区外を逃げ切れると思うてなさるんだ」

「銭の力か」

幸助が大きく首を横に振った。

「親分ほど山吹色の力を信じてねえ人をおれは知らねえ。だからこそ、今まで強請りや施しで受けた何千両もの小判をあっさりとあちらこちらにばらまいてきたんだ。銭は人を裏切るばかりで頼りにならねえというのが親分の考えだ」

「忠治が縋っているものはなんだ」

「小判より人の縁と思うてなさる」

「忠治が頼ろうとしているその人間が裏切り始めておる。それが分からぬか、蝮」

「おれは地べたを這いまわってきた人間だ。生まれたときから人が簡単に転ぶことを見てきた。だがな、親分は違う、未だ人の縁を信じてなさる」

「時がない」

と再び影二郎が言い切った。

「一年、いや、この冬を乗り切る時間を貸してくんねえ、南蛮の旦那」

と蝮の幸助の言葉は悲痛にも影二郎の耳を打った。

影二郎は長いこと考えた。そして、おもむろに口を開いた。

「忠治にいささかの時を与えるには蝮、条件がいる」

「なんだ、旦那」

「おれを忠治に会わせろ」

ふうっ
と蝮が息を吐いた。

「もう会津にはおられまいぜ」

「おめえは忠治の影のように付き添ってきたんだ。此度だけはどこに行ったか知らねえなんて言わせねえ」

影二郎が幸助を睨んだ。

何度目か、囲炉裏端に長くも重い沈黙が支配した。

幸助の目が囲炉裏端のあちこちをさ迷い、最後に影二郎にぴたっと止まった。

「おれは六郷の参次って野郎じゃねえ。駆け引きなしだ、親分の元に南蛮の旦那を連れていく、どこへおれの足が向こうと黙って付いてくるかえ」

「その程度の交情は、われら重ねてきた筈だな」

幸助が黙って囲炉裏端から立ち上がった。

三

山も田畑も百姓家の屋根も道も真っ白で一面の雪が降り積もっていた。

米沢街道でただ一つ雪の降りしきる中に真っ赤な色が残っているとすれば、鴉《からす》が食い残した柿の実だ。

南蛮外衣と道中合羽の二人連れが犬を連れて、正面から殴りつけるように降る雪に抗して歩いていた。

蝮の幸助に導かれて会津西街道から米沢街道を辿って、羽州《うしゅう》街道上山《かみのやま》宿を目指す夏目影二郎とあかの主従だ。

影二郎の前を行くあかの背は雪に塗れ、時折身震いして振り落とした。

羽州街道は奥州街道の会津桑折《こおり》宿から出羽《でわ》を抜けて陸奥青森に向かう街道だ。出羽国を縦貫する街道は雪深く、難所の峠道が数多《あまた》あることで知られた街道だ。だが、陸奥黒石藩津軽家、庄内藩酒井家、秋田藩佐竹家、新庄藩戸沢家など十三家が参勤交代に使う街道で伝馬も旅籠も整備されていた。だが、それは晩春から初秋のことで長い冬は難儀を極める道に変わった。

吹雪の向こうにうっすらと蔵王連山が望めた。

「南蛮の旦那、あか、もう直ぐ上山城下だ。屋根の下で休めるぜ」

と自らに景気を付けるように幸助が言った。

上山宿は桑折から数えて上戸沢、下戸沢、渡瀬《わたらせ》、関、滑津《なめづ》、峠田《とうげた》、湯原《ゆのはら》に次ぐ九番目の宿場だ。

信仰の山、蔵王山への登拝口である上山は、古い湯治場でもあった。源泉が発見されたのは長禄年間（一四五七～六〇）であったと伝えられる。

徳川幕府になってこの地を支配した歴代の大名家が大湯の設置や旅籠に内湯を引くことを認めるなどしたために農閑期には多くの湯治客が滞在して賑わった。

また上山以北の大名家も参勤交代の折、この地で宿泊することを習わしにしてきたため宿場が栄え、大勢の飯盛女《めしもりおんな》もいたという。

影二郎は一文字笠の縁に手を添えて行く手を見た。

雪の間に湯煙が上がっているのが見えた。そして、城下の入口に見張所が設けられているのが確かめられた。

国定忠治はこの街道を通って北へ向かったのか。

幸助は忠治が滞在する地を影二郎に告げようとはしなかった。いや、身の安全を図るために幸助にも知らせてないのかもしれなかった。それは米沢街道に入った後、幸助が分岐に立つ地蔵堂や道標を丁寧に確かめにいく動作で影二郎も気付いていた。ともあれ蝮に任せた以上、影二郎は口を差し挟まない決意をしていた。

「旦那、任せていいかえ」

と幸助が大目付道中方の書付を持つ影二郎の連れを願った。

「昔から蝮とおれは一蓮托生だったな」

「有難てえ」

雪道に焚火で暖をとりながら旅人の身元を調べる役人は上山藩三万石松平家の家臣だろう。禄高は少ないが北は山形藩、南は米沢藩に隣接し、十三家の参勤交代が通過するだけに羽州街道の要衝である。

元和八年（一六二二）に最上《もがみ》氏改易後上山藩が成立して以来、松平家（能見《のみ》）、蒲生《がもう》家、土岐《とき》家、金森家と譜代と外様が交互に支配し、元禄十年（一六九七）に藤井松平氏七代信通《のぶみち》が備中国庭瀬から三万石で入封して、影二郎らが到着した時、十四代信宝《のぶたか》の時代を迎えていた。

「どちらに参られるな」

槍を構えた役人は浪人者と渡世人の二人連れが犬まで連れた姿に緊張して尋ねた。

「お役目、ご苦労に存ずる。われら、今宵は上山宿に一泊し、明朝羽州街道を北上致す」

「道中手形をお持ちであろうな」

誰何する役人の息が白かった。

影二郎は南蛮外衣の合わせた襟を開くと懐から常磐秀信が路銀とともに渡してくれた書付を差し出した。受け取った役人が焚火の傍の床几に腰を下ろす上役に検分を願った。

影二郎が焚火に寄ろうとすると槍先で制止された。

おもむろに書付を広げた上役が床几からぴょこんと腰を浮かし、つかつかと影二郎に歩み寄ると、

「お役目ご苦労に存じます」

と手の書付を返した。

「この警備、国定忠治の警戒であろうな」

「いかにもさようにござる」

「われらも忠治羽州入りの噂に足を延ばしたが、その気配ござろうか」

「この界隈に入り込んだは確かのようですが、さすがに忠治も雪深い羽州街道までは潜入したと思えませぬ」

「じゃが、希代《きたい》の悪党である、油断は禁物にござるぞ」

「貴殿は国定忠治を直《じか》に承知か」

上山領内は忠治の縄張りの関八州から遠隔地だけにどことなく役人も長閑《のどか》であった。それでも渡世人姿の幸助をなんとなく品定めするように見て、

「そなた、手形は」

と幸助に聞いた。影二郎は、

「松平様の中屋敷は確か本所二つ目にござったな」

と上役の関心をこちらに引き戻そうと尋ねた。

「おお、貴殿はご存じか」

「父の屋敷が本所にあったでな、竪川《たてかわ》の二つ目は馴染みの土地にござる」

「江戸はよいのう、雪が降り積もるのも稀なら陽気もよければ女性《にょしょう》も見目麗しい」

「出羽は美形の産地と江戸で聞いて参った。今宵も楽しみにしておる。どこぞによき旅籠をご存じないか」

影二郎はさすがに羽州には浅草弾左衛門の息がかかった流れ宿や善根宿はあるまいと考え、聞いた。

「上山城下は初めてじゃな」

「いかにも初めてにござる」

「ならば月岡城を目指して行かれよ。城の北に湯の山館と申す温泉旅籠がござる。隣は大湯ゆえ存分に上山の湯を楽しみなされ」

「それはよいことを聞いた。冷え切った体には湯がなにより」

「上山の湯はそんじょそこらの湯とは違うでな、四半刻も浸かっておれば体の芯までぽかぽかに気持ちよくなる。われらも忠治なんぞさらりと忘れて湯に浸かりたいものじゃ」

「ならば湯の山館に厄介になろう」

影二郎は幸助に目で合図すると役人の前を通り抜け、上山城下に入った。

数丁もいったところで幸助が、

「どことなくのんびりした面付きだが役人は好かねえ」

と吐き捨てた。

「あれが役目よ」

「そうには違いねえが」

また一段と雪が激しくなった。

「旦那、急がなきゃああかともども路傍で凍り付いてしまうぜ」

と幸助が足を早めた。

上山城下は家数およそ二千二百軒だが、参勤交代で十三家が宿泊するだけに本陣、脇本陣、旅籠、温泉宿と整備されていた。

役人が教えてくれた湯の山館は、湯煙が何筋も雪空に上がる湯治場の真ん中にあって、珍しくも三階建ての建物であった。

影二郎らは軒下で外衣や笠に積もった雪を払い落として、

「ご免」

と訪いを告げた。

土間は天井も高く、広かった。

階上から三味線に合わせて歌声が響いてきた。すでに湯治客が宴でも繰り広げておるのか。

「鄙びた湯治宿を考えていたが賑やかだねえ。旦那が飯盛を楽しみにしているような口ぶりだからよ、こんなところを紹介したんだぜ」

「他を当たるか」

「この雪の中、また濡れた合羽を着るのは億劫だ」

と影二郎と幸助が話していると二階の歌声が掻き消えて悲鳴と怒号が同時に上がった。

階段を駆け下りる足音とともに若い女の手を引いた男が抜き身を振り回しながら影二

郎の立つ土間に飛び降りてきた。そして、その後をやはり長脇差を翳《かざ》したやくざ者が数人追ってきた。

女がぞろりとした着物の裾を踏み付けて土間で転んだ。

「芳《よし》さん、逃げて。殺されるだ」

まだ十七、八と思える娘が若者に叫んだ。

「おらはおめえと一緒に逃げるだ」

若者は二十歳をいくつか過ぎた年頃か。一見したところ百姓か樵《きこり》か。手にした抜き身も山刀だ。

「芳三郎《さぶろう》、親分の女子をさらってどうする気だ」

と兄い分が娘の裾を足で踏み付け、これ見よがしに長脇差を若者の前に振った。

「およりはおれの嫁だ」

「だがよ、およりはきれいなべべ着て美味いものが毎日食べられる暮らしがいいとよ。芳三郎、諦めるべえ」

と兄貴分が言い放った。

「そんな無体が通るもんか、およりを村に連れ戻るだ」

「分からねえ、野郎だな。およりは蔵王なんぞに戻りたくねえとよ」

「嘘だ、騙して連れて来られただ」

未だ娘々した風情の嫁が叫んだ。

階段がみしみしと音を立て、花柄木綿のどてらを着た髭面の親分が姿を見せて、

「はよこい、およりっこ。最前みてえによ、歌を歌うべえよ」

と笑いかけた。

手には派手な拵えの長脇差を下げていた。その後ろに用心棒か、浪人者が顔を覗かせて成り行きを見ていた。

「さあて、余興はしめえだ」

娘の裾を踏み付けていた兄貴分が長脇差の切っ先を娘の頰べたに突き付け、

「立てや、おより」

と命じた。

「ならねえ」

若者が山刀で立ち向かおうとした。

「まだ分からねえだか、芳三郎。およりを上山で売り出して下さると親分の思し召しだ。有難く受けねえか」

「ならねえ、およりはおれの嫁だ」

「蛸八《たこはち》、早よ、およりを連れてくるだ」

階段の途中の親分が命じた。

影二郎は一階の帳場と思えるのれんの蔭からこの湯治宿の番頭が顔を覗かせているのを目に止めた。

「番頭どのか、宿を願いたい」

「はっ、はい」

番頭が困った顔で出てきた。

「浪人、他をあたれ」

兄貴分の長脇差の切っ先が影二郎に向けられた。

「蛸八、おめえらが河岸を変えよ」

「なんだと、蛸八と呼び捨てだか」

「蛸を蛸と呼んで悪いか」

「この野郎！」

と切っ先を影二郎の脳天に叩きつけようとした。だが、影二郎の手には濡れて重たくなった南蛮外衣があった。手首が捻られ、
ふわっ

と南蛮外衣が宙に舞うと蛸八の肩口を襲った。外衣の重みで蛸八の体が横手に吹っ飛んだ。

「あんれ、蛸八」

と階段の途中に立つ親分が驚きの声を上げ、他の子分たちに手にした長脇差を振って合図した。

「兄さん、姉さん、こっちに来ねえな」

と蝮の幸助が山刀を手にした芳三郎とおよりを土間の隅に招いて背後に隠した。

「おのれ！」

「蛸八兄いの仇を討つべ！」

数人の子分たちが長脇差を構えて影二郎に迫り、再び南蛮外衣が土間に舞うと、ばたばたと子分どもがその場に転がった。

どたどた
と音を立てて親分が階段から板の間へ駆け下り、さらに土間に飛び降りようとした。

するり
と蝮の幸助が土間を走ると、血走った眼で影二郎を睨み付けながら長脇差を引き抜こうとした親分の足を自分の足で払った。

どてらを着た巨体が宙に浮き、
どさり
と土間に叩き付けられた。

「あ、痛たたた」

親分が悲鳴を上げ、

「先生方、なにしているだ」

と二階の踊り場から様子を見ていた浪人に叫んだ。

急な階段を二人の浪人が駆け下ってきたが、さすがに武士だ。板の間に飛び降りると左右に分かれて、影二郎の手の南蛮外衣から間合いを取り、手にした大刀を帯の間に手挟《たばさ》んだ。

その間に土間に転がっていた親分が必死で板の間に這い上がった。

影二郎は雪に濡れそぼった南蛮外衣を捨てた。

二人が大刀を抜いた。

なかなか堂に入《い》った構えだ。

「流れ者が食い詰めて羽州街道で用心棒稼業か」

「そなたも同じような手合いと見た」

影二郎の右手の浪人が言った。

「流儀を聞いておこうか」

「江戸はアサリ河岸、鏡新明智流桃井道場」

「ほう、それは奇遇かな」

影二郎が相手の面をしげしげと見た。

「覚えがないのう」

「覚えがないとはどういう意か」

「夏目影二郎」

と影二郎が名乗った。すると相手が、

「そのほう、おれの名を承知か」

と問い返した。

「南蛮の旦那のかたりがいたとは驚いたぜ」

と蝮の幸助が嬉しそうに破顔した。

「蝮よ、世の中広いようで狭いな。同姓同名の夏目影二郎が羽州街道上山城下で鉢合わせだぞ」

「なにっ、分からぬことを申しおって。名を名乗れ」

と相手が叫んだ。

「夏目影二郎と申さば、そなたの商売に差し支えるか」

相手が呆然とした表情で仲間と顔を見合わせた。

「おまえがだれのなに兵衛か知らねえが、本もののアサリ河岸の鬼とぶつかる気かえ。おめえが持っている刀なんぞ先反佐常に斬り飛ばされるぜ。そうならないうちに尻に帆かけて逃げなせえ。雇われ用心棒は潮目を読むのも大事なこったぜ」

と蝮の幸助が苦笑いしながら忠言した。

「まさか」

と仲間が呟いた。

「夏目先生、なにしてやがる。早う叩き潰せ！」

と親分が叫んだとき、

「これにてご免」

「われら、先を急ぎ申す」

と二人の浪人が支離滅裂な言葉を残し、踵《きびす》を返して帳場の奥へと飛び込んで姿を消した。

旅籠の玄関先に虚脱感が漂った。

四

「な、なにがあっただ」

状況が理解できないのか、親分が呟いた。

「親分さん、おめえの用人棒は騙《かた》るにことかいて目の前の旦那の名を盗んだのさ。おめえがいくら払っていたか知らねえが、本ものを前にしちゃあ勝ち目はあるめえ」

と蝮の幸助が言った。

「この浪人が本物の夏目影二郎様だか」

「そういうことだ」

「途方もねえ、われはあん先生方に大金をば払っただ」

「勉強代だと思いねえ。得心できなきゃあ、夏目の旦那に掛け合うしかねえが、本ものの夏目影二郎様の刀の錆になるぜ」

と苦笑いした。

嫌々するように親分が顔を横に振った。

「あいつが偽なればおまえ様が本ものというあてもねえだ」

「信じて頂けぬようじゃな」

影二郎が言うと上がりかまちにへたり込む親分との間合いを詰めた。

腰を沈めつつ、腰間《ようかん》の先反を一閃させた。

反りの強い刃が光に変じて、親分の髷《まげ》の上に疾《はし》った。すると、
はらり
と髷が板の間に転がった。さらに先反の切っ先がどてらの裾を床板に縫い付けて突き立てられた。

うっ
と中腰に浮かしかけた親分が、床に転がった髷を見て不思議そうな顔をすると手で頭を触り、

「あれ、あれれ。われが髷がねえだ」

と狼狽した。

切っ先がくるりと回って親分の顔に突き付けられ、

「この若い二人にこれ以上の手出しはならぬ」

髭面が真っ青に変じてがくがくと頷いた。

「承知なれば命だけは助けて遣わす。どてらを置いて消えよ」

影二郎の言葉にしばし虚空に目をさ迷わせていた親分が、肩からずり落ちかかったどてらを脱ぎ棄て、
わあっ！

と叫びながら二階への階段を駆け上がっていった。二階座敷に残した持ち物でも取りに戻ったか、子分達も親分に慌てて続いた。

土間に残されたのは影二郎、幸助、芳三郎、およりの四人とあかだ。

「飛んだ茶番だぜ」

と幸助が呟き、芳三郎とおよりに顔を向けた。

「災難だったな、おまえさん方も在に戻りねえな」

二人の顔から強い緊張と恐怖が消えて、茫然自失した虚脱の様子が漂っていた。予想もかけない展開にどうしていいか分からないという表情だ。

「番頭」

と影二郎が呼んだ。

最前、ちらりと暖簾の蔭から顔を覗かせた番頭が、

「はっ、はい。ただ今」

と揉み手をしながら出てきた。丸めた背といい、小さな鼻に他の造作が片寄った顔と

いい、皺の寄り具合といい、鼠《ねずみ》のような番頭だった。

影二郎は床板に串刺しにした先反佐常を抜くと鞘に収めた。

「およりはこの家に身売りをした身か」

「ご浪人さん、違いますだ。頬桁《ほおげた》の万六《まんろく》親分が突然連れてこられて、高く買い取れと言われたとこだ。上山城下では女の売り買いはならねえ決まりだよ。うちもどうしたものかと思案していたところだ」

「ならば、芳三郎が連れていっても文句はないな」

「ございませんだ」

と影二郎の問いに番頭が鼠顔を何度も上下させた。

「頬桁が新たに手出しをすることはあるまい。早く、村に戻れ」

と影二郎が言うと芳三郎が、

「浪人さん、有難うございますだ」

と腰を折って頭を下げた。

「およりの、その姿で雪道を歩くわけにもいくまい。頬桁のどてらを着て参れ。番頭、藁沓を二人に用意してやらぬか」

と影二郎の命に番頭が、

「へい、承知でございます」

と若い二人に藁沓を履かせ、どてらを羽織ったおよりの手を引いた芳三郎が、

「お侍、なにからなにまで有難うございますだ」

と再び礼を述べると雪の表に出ていった。


四半刻後、湯の山館の隣の大湯に影二郎と幸助の姿があった。相客は近郷近在から冬場の湯治にやってきた百姓衆だ。影二郎らには半分も理解のつかない方言でのどかに喋り合っていた。

「功徳を積んだ後の湯は一段と気持ちがようございましょ、南蛮の旦那」

「なにが功徳なものか。ただのお節介に過ぎぬわ」

「上州の雪は空っ風が吹き飛ばして吹き溜まるがよ、羽州街道の雪は城下だろうが山だろうが包み込むように降り積もるぜ」

「明日は道中ができそうか」

さあてな、大湯の屋根に降り積もる雪を想像したか、湯煙のもうもうとする天井に目をやった幸助の言葉にかぶさるように、

「浪人さんは江戸からかな」

と相客の一人が声をかけた。他の客と異なり、江戸を承知の顔付きだった。

「いかにもさようじゃが」

「まんず明日いっぱいは雪が降り続くだ。旅は無理だな」

「となれば蝮、明日もこの家に厄介になるぞ」

「浪人さん、御用旅のようじゃが、雪で急げば命を失くしますだ。のんびりしなされ。明後日には雪も一旦晴れましょう。数日の間があってこの次降り始めたら本降りだ。丈余の深さまで積もりますだ」

「そなた、土地の人間か」

「山形の紅花商人《べにばなあきんど》でございますよ。江戸にも上方にも商いで参ります」

「骨休めの季節かな」

「冬場とて仕事がないわけじゃあございません。ちと腰を痛めまして旦那様の許しを得て湯治にございます。ああ、私は山形城下、紅花問屋の最上屋《もがみや》喜左衛門の番頭で弘蔵《こうぞう》にございます」

と答えた客が、

「浪人方はどちらまで参られますな」

と聞いてきた。

影二郎が湯に首まで沈めた幸助を見た。

「最上屋の番頭さん、わっしらは横手まで野暮用だ」

「横手でございますか。雪の時期に難儀な道を参られますな。春まで御用を延ばせませぬのか」

「ちと急ぎの用でな」

と答える影二郎に、

「上山城下から山形まで雪中四里、山形から次の宿天童までは三里半、天童から六田《ろくた》まで二里半、六田から楯岡《たておか》を経て尾花沢まで四里、尾花沢から新庄宿まで五里二十一丁、新庄から院内宿まで九里二十三丁、院内から湯沢まで三里三十丁、最後に湯沢から横手まで五里余り、都合三十里を越える街道ですよ。夏場でも雄勝《おがち》峠を始め、難所の峠が待ち受けてますだよ。次の晴れ間が三、四日として大変な道中でございますぞ」

さすがに紅花商人だ。羽州街道のすべてを諳《そら》んじているのか、すらすらと言った。

「雪中三十余里、なにか他に方策はないか」

「街道に沿って最上川が並行して流れておりますで、一部は舟運を利用できないわけではございませんじゃが、これも夏場のことですよ」

「雪道を歩いて三十里、どれほどかかるな」

「まず夏場の半分とは進めますまい」

「六日から七日か」

「次の晴れ間はおそらく三、四日にございますよ。となると天童の先で冬を越す羽目になりますよ」

紅花商人の言葉を幸助が黙って聞いていた。


深夜、影二郎の隣で枕を並べる幸助が寝床から這い出し、どこぞに出かける様子があった。気が付かない振りをした影二郎は、幸助の好きにさせた。その幸助は明け方になっても戻ってこなかった。

影二郎は大湯に行くために玄関土間に下りた。土間には旅人のために囲炉裏が切ってあり、あかがその傍らに筵を敷かれて寝ころんでいた。

「あか、小便をせんでよいか」

主の言葉に目を開けたあかがのっそりと置き上がり、伸びをした。そして、戸口を開けた影二郎の後から表に飛び出し、霏々《ひひ》と降る雪に身震いした。

「あか、早々に用を足し、囲炉裏端に戻れ」

影二郎の言葉を理解したあかがその場で片足を上げて小便を始めた。白い雪が黄色に染まったがそれも一瞬のことで降りしきる雪がまた純白に変えた。

影二郎はあかが湯の山館の土間に入ったのを確かめ、大湯に行った。まだ朝が早いせいか湯治客はいなかった。

影二郎は独り広い大湯を占拠して名湯を楽しんだ。

どれほどの時が流れたか。

影二郎の脳裏にはこんなとき、ふわっと小太り髭面の忠治が湯の中に姿を見せるのだが、と期待しながら湯に浸っていた。だが、関東取締出役に追われる忠治にそんな余裕はないのか、現われる気配はなかった。

その代わり、

「寒い寒い」

と身を縮めながら蝮の幸助が洗い場に入ってきた。

「雪の中、ほっつき歩くとは蝮も大変じゃな」

「ご時世だ、蝮ものんびりと地中に潜り込んでいるわけにもいかないからな」

湯船に凍えた体を浸けた幸助が、

「ふうっ、極楽とはこのことだ」

と感に堪《た》えた声を上げ、両手で湯を掬い、顔をごしごしと擦った。

「なんぞ目処《めど》が立ったか」

「紅花商人に脅されて羽州街道を進むかどうか探ってみた。南蛮の旦那、やっぱり親分と会うには横手に行かねばならねえ」

「ならば行くさ」

「そう簡単に言うがねえ、城下外れの雪は半端じゃねえ」

「進むしか方策はないのであろうが」

「ねえ」

「なんぞ知恵を絞るしかあるまい」

「あればいいが」

と答えた幸助の顔に笑いが浮かんだ。

「南蛮の旦那の旧敵が羽州街道に姿を見せたぜ」

「だれだ」

「旦那には敵が多いからね、推量もつかねえか」

「考えたところでどうなるものでもあるまい」

「おれが城下の出入り口の一つの地蔵堂に潜り込んでいたと思いねえ。格子の向こうの雪道を紅色の装束が流れるように横切っていきやがった。背に稲妻模様を染め出したのは女と見たね」

「ほう、あの女忍びが遥々金精峠から羽州街道まで追ってきたか。南蛮鉄砲を持参しておったか、蝮」

「竹篦《たけべら》のようなものをつけた雪下駄を履いて左右に踏み出しながら滑って行ったがな、腰に忍び刀を手挟んで、背には確かに鉄砲のようなものを負っていたな」

「女忍び、難儀な道中をしおるわ」

「はっきりとしていることは南蛮の旦那を追っているということよ」

「どこに入ったな」

「上山城下外れの春雨庵に姿を消したぜ」

「なんにしても雪が上がらねば女忍びもわれらも足掻《あが》きがつくまい」

「そういうことだ」

「蝮、宿の番頭に馬橇《ばそり》の職人はおらぬか聞いてくれぬか」

「ほう、雪の羽州街道を馬橇で進もうというのか。馬は雪に埋もれないかねえ」

上州生まれの幸助も馬橇の知識はないらしく、

「体が温まったらすぐに訊ねてみようか」

と請合った。

朝飯の後、影二郎はあかを伴い、上山城下の職人町に向かった。

番頭は幸助に職人町に行けば、馬橇も注文を受ける箱師がいると絵地図を描いてくれた。影二郎に見せた幸助が、

「飯を食ったら案内致しますぜ」

「幸助、そなたは昨夜まともに寝ておらぬ。いくら精が強い蝮とて雪道を走り回っていた身を休めねばなるまいて。この絵地図さえあればおれとて訪ねられよう」

と幸助を湯の山館の座敷に残して影二郎はあかと出てきたのだ。

元禄四年（一六九一）一月、当時の藩主土岐頼殿《よりたか》は大坂城代に任ぜられ、領地と任地が遠隔ということもあって、出羽の所領地を摂津、河内、越前三国に替地され、上山城は破却された。

その六年後、藤井松平家の松平信通が移封になり、破却された城の再建を幕府に願った。その結果、享保二年（一七一七）に至り、本丸と大手口の石垣普請は許されたが、三重櫓の再建は拒まれた。

影二郎は大手口の北にある職人町の中に箱師の源次の作業場兼住居を見付けだした。

「ご免」

雪囲いされた作業場の中で親方と二人の職人が農具を作っていた。作業場の中には

鞴《ふいご》があって鍬や鋤なども鍛造《たんぞう》されていた。

親方が影二郎を見た。

「ちと願いがあって参った」

ぼそぼそと囁くような親方の返答は影二郎には半分も聞き取れない。

「われら、この雪中、羽州街道を横手まで参らねばならぬ。上山から三十里、雪の峠をいくつも越えねばならぬという。箱橇のようなものを作ってはくれぬか」

と影二郎は理由を告げた。

親方がなにか答えたがその言葉が聞き取れない。すると若い職人が、

「親父は急ぎかと尋ねているだ」

と親方の言葉の意味を訳してくれた。どうやら倅のようだ。

「雪が上がったら出立したい」

影二郎は用意してきた五両を差し出し、

「急ぎの御用ゆえ前払い致す」

と理由を述べた。

親方と倅が目を見合わせ、しばし互いが沈思した。

「どんな橇を考えておられるだ」

「どのような橇と聞かれても江戸育ちゆえかたちが思い浮かばぬ。雪で難儀するのは足が雪に埋まるからじゃと考えた。橇に片足をかけてもう片足で蹴り進むような道具が作れぬかと思うたまでだ。横手まで壊れなければよいのだ、そんな道具を作ってほしいと願っておるのだ、頼む」

親子がまた顔を見合わせた。

親方が倅になにか問い、倅が言った。

「浪人さんに仲間はおられますだか」

「犬の他に仲間が一人だ」

親方が土間にしゃがんだ。そして、土の上になにか絵図面を描いては消し、描いては消しを繰り返した。

「浪人さん、聞いてよいか」

と倅が影二郎に言った。

「こちらが願ったのだ、なんなりと申せ」

「なぜこの時節、難儀してまで横手に参られますだ」

影二郎はしばし考えた後に正直に答えた。

「国定忠治が独り羽州街道を逃げておるのだ。おれにとって無二の仲間、あやつを捕吏の手に捕まえさせたくはない。忠治が死に場所を見つけておるなれば、おれの手で最期を飾ってやりたいのだ」

倅が余りにも正直な影二郎の言葉に驚き、返事を失った。だが、親方が不意に立ち上がると、何事か叫んだ。

「親方はなんと申しておる」

「その言葉に嘘はないかと親父が聞いておるだ」

「虚言は申さぬ。おれと忠治、これまで助けたり助けられたりしてきた仲だ」

「そのために横手に行くだか」

「いかにもさようだ」

親方がなにか呟いた。

「明日の夕刻に戻ってこいと言うておるだ」

「助かった」

影二郎は一文字笠を被り、南蛮外衣を身に纏うと、

「あか、旅籠に戻ろうか」

と飼い犬に優しく話し掛けた。

第四話　峠越え

一

上山城下の職人町の親子が手作りした箱橇は、八尺ほどの竹二本の上に長さ四尺幅二尺半ほどの木箱を載せた単純なものだった。だが、箱の前後の竹と竹の間に幅の狭い板が渡され、影二郎と幸助が立ち乗りして、箱の四隅に立てられた棒に摑まり、もう一方の足で雪を蹴り出して進むことが出来るようになっていた。

試してみると頑丈な造りの割りには軽く、扱いが簡便だった。

上山城下を出立したとき、羽州街道は雪がやんでいた。

そのせいで影二郎と幸助はしっかりと踏み固められた雪上での箱橇の扱いに段々と慣れる時を持つ余裕があった。

あかにも仕事が与えられていた。体に巻いた平紐を引っ張り、橇を先導する仕掛けになっていたのだ。

人犬一体の箱橇は四里先の山形城下を目指し順調に滑り出した。

「あいよ、あか。進め、進め！」

幸助が箱橇の前乗りで左足を板に乗せ、右足で雪を蹴った。後乗りの影二郎は、箱橇の左側に立ち、左足で雪を蹴った。

二人が対角線に位置したのは箱橇の均衡をとるためだ。

幸助の道中合羽の裾と影二郎の南蛮外衣の裏地の猩々緋が風に靡《なび》いて、戦旗のようで勇ましかった。

影二郎の一文字笠がばたばたと鳴る音も景気を付けていた。

「南蛮の旦那、これなれば明日にも横手に着きそうだぜ。なんとも凄いことを考えたな」

「おめえは覚えておるまいが草津から白根山越えで信州に忠治が逃げたとき、鉄砲に撃たれたおまえを田舟橇に乗せて山道を一気に滑走した。あのときの田舟橇がおれの頭にあったのだ」

「覚えているぜ。田舟橇の舟底に寝っ転がり、鉄砲玉の痛みに耐えてよ、橇が風を切る音を聞いていたぜ。今もあんときの風鳴りはおれの耳についていらあ」

箱橇の前後を交代しながら、時には箱にあかを乗せて休ませながらの道中だ。なんと上山と山形の間の四里の雪道を二刻で走り切った。

山形は出羽国最大の商都だ。

その基礎を築いたのは最上氏で、五十七万石の大藩であった。羽州探題となった斯波兼頼《しばかねより》を祖としてこの最上地方の覇権を握ったことから最上氏を名乗ったといわれる。

後年、関ヶ原の戦いに際して徳川家康に与《くみ》した義光《よしあき》は、戦後、奥羽の要として山形領五十七万石を安堵された。さらに最上氏の内証を豊かにしたのは、紅花の栽培と生産であった。

この時代、紅花は染料として珍重され、西陣織など高級布の染料に使われた。領内でも特に七日町と十日町で紅花は取引された。それも一駄（およそ三十二貫・百二十キロ）が五十両の高値で取引され、時節になると京の紅花商人が山形にやってきて、

「一月の儲けが一年の暮らし」

を支えて有り余るほどの狂乱の賑わいを見せたというのだ。

この紅花が最盛時にはなんと千五百駄も最上川を下って京に運ばれ、山形藩には七万

五千両の小判が降ったという。

だが、最上氏の栄華も、義光亡きあとのお家騒動で改易になり、奇妙な箱橇が通過した城下は、譜代大名秋元家が支配する六万石の石高に落ちていた。

それでも山形城下は往時の繁栄の名残をとどめて堂々たる町並みが広がっていた。

だが、影二郎と幸助の箱橇は城下を横目にさらに天童へと進んでいった。

山形盆地を北へ向かう箱橇の行く手に黒い雲が渦巻き始めた。

「旦那、せめて今日一日もってくれねえかね」

と雪を蹴る足の筋肉が張った幸助が声を張り上げた。

北風が正面から吹き付けていた。

先導するあかも四つの足を踏ん張って橇を引いていたが、北風に悩まされた橇の速度は落ちていた。

「幸助、天気なれば箱橇でそこそこに進むことが分かった。明日からがいよいよこの箱橇が真骨頂を発揮するときだぜ」

「横手までもつかねえ」

「もってもらわねばわれら羽州街道で冬を越すことになる」

「そいつばかりは願い下げだな」

あかの弾む息を聞いた影二郎は箱橇を止めてあかを抱き抱え、箱橇に乗せると水を与えた。

ふうっ

とあかが大きな息を吐いた。

その短い休息の間に影二郎も幸助も合羽を脱ぎ、箱橇に仕舞った。始終足を動かしているせいで二人とも体にびっしりと汗を掻いていたのだ。

二人は水を口に含むと互いの笠の紐をしっかりと締め直した。これで身軽になった。

山形城下外れで朝飯を摂り、出立したのが五つ半過ぎのことだ。

北風に悩まされながらも昼下がりの八つの頃合いには羽州街道と秋保《あきう》街道の分岐に差し掛かっていた。

なんとか山形から一里半を走破したことになる。上山城下から都合五里半だ。

雪中の行程としても遅々たる歩みだ。

この追分で右に道をとると奇岩が聳える宝珠山に向かう。

この山腹にある山寺、立石寺《りっしゃくじ》は比叡山の、

「不滅の法灯」

を守り続ける

「出羽の比叡山」

だ。

芭蕉翁がこの地を訪れたのは元禄二年の夏の盛りで、

「閑《しづか》さや岩にしみ入蟬の声」

と句作を残している。

影二郎らの箱橇は本格的な冬に向かう街道をひたすら北へ向かう。雪が落ちてこないうちに少しでも横手に近付きたいという影二郎と幸助の願いを乗せて、箱橇は雪上をのろのろと滑っていた。

「旦那、天童まで行けると上々吉だがね」

「山形から何里ある」

「三里半だ」

「なんとか着きたいな」

と影二郎が応じたとき、箱橇に体を休めていたあかが、むっくりと起き上がり、後方を見て鼻をくんくん嗅ぐ様子を見せた。

「なんぞ現れたか」

そのとき、影二郎は後乗りを務めていた。

うわーん！

あかの声に影二郎が振り向くと赤装束が雪道を一列になって滑走して追尾してくるのが見えた。

「蝮、女忍びが姿を見せたぜ」

「旦那、退屈凌《しの》ぎにいい頃合いに見参だね」

「先を急ぐ旅だ、邪魔な女どもだぜ」

箱橇と女忍びの間にはまだ七、八丁の間があった。

「妖怪鳥居忠耀様の新しい玩具《おもちゃ》かねえ」

「父上が大目付道中方に出世したことを鳥居は快く思うておらぬらしい。鳥居は江戸町奉行の職なんぞに甘んじている奴じゃない。あわよくば大名への出世を狙っておる。父の職掌は大名を監督差配する役目だ。これ以上、己の出世の道を邪魔されたくないと考えたか、父上をなんとか幕閣の一角から引きずり下ろしたいのであろうな」

「それには天下のお尋ね者の国定忠治と夏目影二郎を同時に始末して親父様に責めを負わせようという魂胆かね」

「大かた、そんなとこだと見たがな」

「なんでもかんでも妖怪様の都合よくはいかねえよ」

と前乗りの幸助が風に抗して叫んだとき、雪が暗い空から落ち始めた。

「蝮、おれが先乗りと替わろう」

羽州街道には人馬が往来した跡が残っていたから道を間違える筈もない。

二人は箱橇を止めて前後を交代した。

「天童まであとどれほどかねえ」

「山形から二里は稼いでおろう」

「あと一里半か、進むしかねえな」

「凍え死にしたくなかったら、足を動かすことだ」

「旦那、おれの足はぱんぱんだぜ」

「泣き事申すな、独り旅する忠治を思え」

「そう言われれば進むしかねえな」

再び横殴りの雪に抗して箱橇は進み始めたがもはや最前の早さは望めなかった。

「蝮、後ろの女忍びはどんな具合だ」

「あちらも難渋しているのはこちらと一緒だぜ。忍びの技も羽州街道の雪にはなんともならねえか」

日が落ちた。

だが、雪明かりで街道はおぼろに浮かんでいた。

「上り坂だ、蝮」

二人がいくら片足で掻いても箱橇は進まなかった。

「仕方ねえ、かんじきに履き替えて箱橇を押し上げるぜ」

二人は雪の中でかんじきを付け、影二郎が箱橇の紐を引っ張り、幸助が橇を押した。

急坂でないことが救いだった。それでも登り坂は林の中を蛇行して三丁ほど続き、

「もう駄目だ、旦那」

と幸助が弱音を吐いたとき、影二郎は小さな峠の頂きに立ったことを知った。遠くに明かりがちらちらと見えた。

雪も小降りになっていた。

「蝮、あの明かりが天童だとは思わぬか」

影二郎の言葉によろよろと幸助が箱橇の前に歩いてきて、

「違いねえ、天童だぜ」

「喜べ、下り坂が天童まで続いておるわ。最後の半里は楽旅をさせてやろう」

「そううまくいくかねえ」

と小首を幸助が傾げたとき、

ひゅっ

という音が峠に響いた。

影二郎が咄嗟に幸助の体を突き飛ばし、自らも雪の頂きに伏せた。

ぶすり

と箱橇の壁板に十字手裏剣が突き立った。

影二郎が辺りを見回すと峠脇の木立の中に紅色が躍った。

さらに二本、三本と手裏剣が飛来した。

影二郎は南蛮外衣を摑むと飛んでくる手裏剣を弾き飛ばした。

ふわり

と現れた女忍びは気配もなく姿を消した。

「あやつらも退屈凌ぎか」

「さあてな、羽州街道参上の挨拶代りか。本式の襲撃があればこの先だな」

「どうするね、旦那」

雪から顔を上げた幸助が聞いた。

「女忍びの酔狂に付き合う暇はないな。見てみよ、雪がまた酷《ひど》くなったわ」

「一気に天童まで下るかねえ」

影二郎は手にしていた南蛮外衣を着込んだ。幸助も真似て道中合羽を着て、三度笠の紐を締め直した。

「蝮が前乗りしろ。おれが後役を務めるでな」

箱橇から顔を上げたあかに、

「伏せておれ」

と命じると箱橇の後ろに這っていった。

「先導方は仕度が済んだぜ」

「よし、低い姿勢で箱橇を下り坂に押し出して飛び乗るのだ」

「あいよ」

二人は息を合わせると峠の頂きから箱橇を下り道へと押し出し、速度が付いたところで箱橇に飛び乗った。

「よいか、ちゃんと体を左右に移動させて舵をとれ。間違うと谷底に墜落致すぞ」

「合点承知だ」

箱橇の速度が上がり、幸助の道中合羽と三度笠がばたばたと風に鳴った。

薄暮の峠道を影二郎と幸助は息を合わせて蛇行する雪の下り道に突進していった。

体の重心を移動させることで箱橇は左にも右にも曲がってくれた。

「なかなかの代物だぜ」

「親分に感謝致せ」

「橇の礼を親分に言うのか、旦那」

「箱橇を作った職人親子がな、どうやら忠治の信奉者らしいぞ」

と経緯を語った。

「親分の名が羽州街道にまで鳴り響いていたか」

「それもこれも幕府の無為無策が忠治を義賊に押し上げたのよ。一番迷惑をしているのは忠治であろうな」

「さすがに南蛮の旦那だ、親分の気持ちを見通しだぜ」

と前乗りの幸助が叫び、

「おい、天童の宿外れが見えてきたぞ」

と歓声を上げた。

影二郎は後ろを振り返って見た。だが、赤装束の気配は感じ取れなかった。

本気で仕掛けてくるのは忠治との出会いの時だ、と影二郎は感じていた。

(妖怪の好きにはさせねえ、とことん、鳥居忠燿の策を潰してみせる)

と影二郎が心に誓ったとき、箱橇の速度が落ちた。

「天童だぜ、南蛮の旦那」

「幸助、この町を承知か」

「親分に羽州筋に逃げなせえと勧めたのはこの蝮の幸助だ」

「ならばどこぞ旅籠に箱橇を付けよ」

と影二郎が命じて橇が動きを止めた。

「旅籠ではねえが寺に厄介になろう」

平安中期、この天童界隈は出羽国随一《ずいいち》の仏教文化の華が咲いた地であった。

まず天童の東には若松観音と称される若松寺《じゃくしょうじ》があった。この寺を整備したのはその南一里半のところに建つ立石寺の開祖の慈覚大師円仁《えんにん》と伝えられる。さらにこの二つの寺の間に東漸寺があり、山岳信仰が盛んに行われた。

幸助が影二郎とあかを案内したのは若松寺の庫裏《くり》だ。幸助はどうやらこの寺とは付き合いがあるらしく、納所《なつしょ》坊主に、

「雪の中、ご苦労にございますな」

と合掌で迎えられた。

「角澄《かくちょう》さん、すまねえが一夜の宿りを願いたい」

「この季節、旅の方も檀家の方も宿房にはおられませぬ。好きなだけ泊まっていきなさ

れ」

と一行は迎え入れられた。

「南蛮の旦那、おれは本堂にお参りしてくる。ちと待ってくれぬか」

幸助が言い残すと本堂に向かった。

忠治からの連絡が本堂のどこぞに残されているのか、と影二郎が考えていると幸助の読経の声が聞こえてきた。いつもながらなかなか慣れた読経の声だった。

「犬は土間に筵を敷いて寝かせればよいかな」

素知らぬ顔で納所坊主が聞いた。

「御坊、構わぬ。残り物でよい、なんぞ食べ物はござらぬか」

「雑炊がござる。そなた方と同じものだが、よろしいか」

「お手数をかける」

影二郎は懐から一分を出して、

「不作法は承知じゃが、お布施と思うて納めて下され」

と差し出した。

「ご丁寧な挨拶痛み入ります。冬場は寺にとっても厳しい季節でございましてな、法事もございません。有難く頂戴致します」

と快く受取り、

「奇妙な乗り物でどちらに参られますな」

「まずは横手を目指す所存」

「この雪の中、雄勝峠を越えようと申されますので」

「無理にございますかな」

「修験者でも冬の雄勝峠は躊躇致します。それを犬連れでな、なんとも無暴極まりございませぬな」

と呆れたとき、幸助が庫裏に戻ってきた。

「御坊はこの節雄勝峠を越えるのは乱暴と申されるが、蝮、先に進むしか手はないのだな」

「南蛮の旦那、残念ながらただ一つおれが旦那との約定を果たす方策だ」

と冷酷にも言い切った。

二

天童付近では最上川が羽州街道の左手に並行して流れていた。この付近は最上紅花の産地として知られ、特に谷地《やち》の紅花は質がよいと定評があった。

「おらもいきたやなー　青毛に乗ってよ

紅の供して都まで」

旧暦六月の頃、天童周辺の羽州街道一帯は橙《だいだい》色のアザミのような花に染まって、旅人の目を楽しませてくれた。

この紅花、六世紀の末に絹の道を通り、中国、朝鮮半島を経由して日本に渡来したという。それが出羽一帯で栽培されるようになったのは、天正五年、谷地城主の白鳥十郎長久が織田信長に名馬を献上し、その返礼として緞子《どんす》、虎皮などと一緒に紅花の種子が入っていたのが切っ掛けといわれる。

日本に渡来した紅花は、最初関東以西の温暖な地方で栽培されていた。それが、谷地を中心とした最上川中流域の弱酸性土壌と、最上川の朝霧の湿気が紅花を栽培するのに打《う》って付けで、最上紅花は最上品として京の染め物や紅の原料として珍重されるようになっていく。

それがために紅花商人の威勢はもの凄く、この河川流域には豪壮な「紅花屋敷」を構えるお大尽が何人も出現した。

だが、影二郎と幸助が箱橇を駆る街道は白一色で、さらにその上に霏々として雪が降り続いていた。

そんな雪の中、箱橇は天童から六田まで二里半をのろのろとひたすら前進していく。

前夜、枕を並べて寝に就こうとしたとき、幸助が、

「南蛮の旦那、親分がこの地を抜けなさったのは半月も前のことだ」

と言い出した。

「ほう、ようやく幻のような忠治の影を遠くに見ることになったか」

「羽州街道に雪が降り積もる前のことだ。親分はわっしらのように難渋はしておられまい」

「蝮、改めて聞くが忠治は独り旅じゃな」

「今の親分に従う子分はいませんや」

「羽州に土地勘があるのは蝮、おまえのようだな」

「親分と知り合う前にこの界隈をふらついたことがございましてね」

「渡世人であったか」

寝床から顔を上げた幸助がにたりと笑い、

「最上三十三か所をへめぐる修行をした願人坊主《がんにんぼうず》とおれが応えたら笑うかえ」

「蝮の前身が修行僧とは驚いたな」

「人それぞれ胸の中に闇を抱えて生きているものさ」

「道理で蝮の読経が板についていると思ったぜ」

と苦笑いした影二郎が、

「忠治は横手と思うてよいな」

「大石田《おおいしだ》河岸に行けば確かな返答ができようぜ」

影二郎は大石田河岸がどこにあるのかさえ見当も付かなかった。ただ、頷いて目を瞑《つむ》った。

六田に箱橇が辿り着いたのは昼前のことだ。二里半を三刻半以上もかかったことになる。箱橇で盆地の雪道だからこそなんとか前進できたのだ。

「半日で二里半か」

と疲労困憊の幸助が呻いた。

「いや、二里半進めただけでもよしとしようか」

影二郎らは六田の伝馬宿に頼んで煮込みうどんをこしらえてもらい、それを食べて体を温めると同時に腹を満たした。

「浪人さん、おもしろい乗り物で旅だね」

伝馬宿の主人が影二郎らの箱橇に関心を示した。髭面の馬子の親方のような風貌の主だった。

「かんじきで歩くより道が捗《はかど》るゆえな」

「どこに行くだ」

「まず大石田河岸を目指す」

幸助は疲れ切って口を利く元気もないようだ。

「楯岡まで一里、楯岡から大石田河岸まで二里はたっぷりあるだ」

「都合三里か。日が落ちるまで辿り着けまいな」

「この降りだ。まんず並みのこっちゃ無理だべ」

「なんぞ知恵がありそうな言いようだな」

と影二郎が伝馬宿の主に尋ねると、

「雪道を飛ぶように走る乗り物なんてあるもんじゃねえだ。だがよ、おまえ様方次第で考えがねえわけじゃねえ」

黙って二人の会話を聞いていた幸助の目がぎらりと光った。

「考えとやらを聞かせてもらおうか」

と幸助が二人の会話に口を挟んだ。

「さてそれがうまくいくかどうかわれも察しがつかねえ。まんずこっち来らっしゃえ」

と主が二人を厩《うまや》に連れていった。

厩には疳《かん》の強そうな栗毛の大きな馬がいて、羽目板を蹄《ひづめ》で蹴っていた。

「この馬は大石田河岸の伝馬宿のアオだ。雪が降り積もる前に大石田河岸に戻したかったがよ、われが考えたよりちいと早う根雪が降りだしただ。今のままだとこの冬、アオをうちの厩で過ごさせることになるだ、秣代《まぐさだい》も馬鹿にはならねえ、どうだ、あの箱橇を引かせねえか。道はアオが承知だぞ」

影二郎は歯を剝き出して羽目板を蹴るアオの様子を確かめ、幸助を見た。

「親父、暴れ馬を押しつけて、貸し料を取ろうという算段じゃああるまいな」

「阿漕《あこぎ》なことは考えねえ代わりに届け賃もなしだ」

「馬が道中で倒れたらどうなる」

「アオは疳が強いだけに精もつよいだよ。まんずアオが倒れる前におまえさん方がおっ死ぬだ。そんときゃ、諦めるだねえ」

主の言葉に幸助が、

「旦那、やるかえ」

「ものは試しだ」

箱橇の前に馬具と革帯を使い、アオを付けるのが一苦労だった。

だが、箱橇の前に繋いでみるとなんとも精悍な表情を見せた。厩に繋がれていてアオも鬱々していたのかもしれない。

「親父、大石田河岸の伝馬宿になんとしても届けるぜ」

「うちも厄介払いしてほっとしただ。いいか、アオに気を抜くでねえぞ、噛み付かれたり、蹴られたりするでな」

橇前に影二郎が立ち、手綱を握った。

箱橇には幸助とあかが座り込み、緊張した表情でアオの動きを見詰めていた。

「蝮、いいか」

「旦那、好きなようにしてくれ。こっちは俎板《まないた》の鯉だ」

影二郎が手綱を緩め、馬腹を軽く叩いた。

ふわり
と箱橇の前が持ち上がる感じがして、アオがぽこぽこと雪道を歩き出した。すると箱橇が軽やかに動き出した。

「南蛮の旦那、こいつは楽だ。なんで今まで馬橇を考え付かなかったかねえ」

アオはだく足に変えた。さらに箱橇の速度が上がった。

六田宿の一本道を一気に抜けた馬橇は、雪の原の羽州街道の間《あいのしゆく》宿楯岡を目指す。

影二郎は箱橇の前板に立ち、南蛮外衣の裾を翻して手綱を操った。

疳が強いといったが、アオは俄《にわ》か馬方の様子を見るつもりか素直にも街道を駆けていた。

「旦那、これなれば大石田河岸まで一刻半もあれば辿り着くぜ」

幸助は箱橇に腰を下ろし、両足の間にあかを抱え込んで道中合羽に包《くる》まっていた。

影二郎も雪などものともせずに走るアオの馬力に驚嘆すると同時に、

(雄勝峠もこれなれば越えられるのでは)

と考え始めていた。

六田を出て半里余り、街道の西を北へと流れる最上川の景色を楽しむ余裕さえ影二郎に生じていた。

そのときだ。

アオが一声嘶《いなな》いた。

それが暴走の始まりだった。

ふわっ
と箱橇が持ち上る感じがして、影二郎は必死で前板に踏ん張り、雪道に押し付けた。

アオは敢然と走り出していた。

雪煙が影二郎の顔を塞ぎ、猛然と疾走する箱橇が壊れんばかりにがたがたと鳴り出した。

「蝮、あか、しっかりと体を支えておれよ」

影二郎の言葉も風に千切れて飛んでいく。

はあはあ
と弾む息が前方から響いて一気に六田と楯岡の間の宮崎宿を抜けた。

影二郎は一文字笠の縁がばたばた鳴るのを気にしながら後ろを振り向いた。箱橇に姿勢を低くした幸助とあかが抱き合って伏せていた。

箱橇の後ろには雪煙が立ち上っていた。

影二郎は手綱を引き絞ることを諦め、アオの走りに任せることにした。

アオは羽州街道をとくと知っており、動物の本能で自分の厩の大石田河岸を目指しているのだ。

「はいよ」

影二郎が時折声をかけてやるとアオの走りはさらに増した。

前方に楯岡宿が見えてきた。

停止させるか進ませるか、アオの意思に任せた。すると宿場に入り、アオの動きが緩やかになって伝馬宿の前で停止した。

「賢いな、アオ」

影二郎は手綱を持ったままアオの傍らに飛び降り、弾む息のアオの首筋をぽんぽんと叩いて褒めた。

幸助も伝馬宿から水桶と飼葉《かいば》桶を運んできて、アオの仕事ぶりに応えた。まず水を飲んだアオが、
ひひーん
と顔を震わせると飼葉桶に顔を突っ込んで食べ始めた。

なんとも勇ましい馬だった。それを驚きの顔で見ていたあかも橇から下りて小便を済ませ、アオの水桶に顔を突っ込んで飲んだ。

「旦那、今日は楯岡泊まりかねえ。大石田河岸までこの調子で走りきれるかねえ」

八つ（午後二時）を過ぎていた。

幸助は、アオの弾む息を見ながら久しぶりに運動した馬の疲労具合を考えていた。

「大石田河岸まで二里か」

「そんなものだ。流れに沿って平地だがね」

「試してみようか」

と影二郎はアオの走力の限界を見たいと思った。それにアオは弾む息にもかかわらずたっぷりと水を飲み、飼料も食べていた。

「この雪だ。疲れがくると一気に足が動かなくなると思うがねえ」

と幸助は案じたが影二郎は走ることを決意した。

伝馬宿になにがしか支払い、再び一行は箱橇の所定の位置に着いた。

「アオ、頼むぞ。大石田河岸を目指せ」

影二郎の命が分かったように箱橇が動き出した。

アオは疳の強い馬どころか利口な伝馬だった。たちまち影二郎の意を飲み込み、以心伝心に動いてくれた。

もはや猛然とした走りではなく、大石田河岸までの雪道を考えてだく足で進んでいく。

「旦那、こいつ、賢いな」

「どれほどの馬力を秘めておるか知りたいものじゃな」

と幸助に掛けた言葉を理解したように再びアオが軽やかに速度を増した。だが、最前のように乗り手を試すような走りではない。乗り手の気持ちを慮り、人馬が一体となった走りだった。

「ほう、やるな」

影二郎らは雪の景色を眺める余裕も生まれ、楯岡から大石田河岸まで一刻ほどで駆け抜けた。

最上川は出羽と会津の国境の吾妻山《あづま》に水源を発し、米沢、山形、新庄の盆地を貫き、さらに庄内平野に恵みをもたらしつつ、酒田湊で日本海に注いだ。

この最上川に目を付けたのは初代山形藩主の最上義光だ。

まず最上川の最大の難所の碁点《ごてん》、三ケ瀬《みかのせ》、隼《はやぶさ》の岩場を切り開き、流れを緩やかにして酒田湊までの定期舟運の水路を整備した。

この最上川舟運の開通で最上紅花も青苧《あおそ》も米も京、大坂へと運ばれ、高値で取引されるようになる。

この最上川舟運の拠点が大石田河岸だ。

アオは自らの厩がある大石田河岸前の伝馬宿まで影二郎らを難なく連れていった。

突然、雪の中、馬が到着した様子にすでに大戸を下ろしていた伝馬宿の潜り戸が開かれ、

「アオでねえか、この雪道を奇妙なもんを引いてきただな」

と伝馬宿の馬方が面《つら》を突き出してびっくり仰天した。

「六田の伝馬宿の主から大石田河岸までアオを届けるように頼まれたのだ」

南蛮外衣を翻して橇を下りた影二郎に、

「初めての人だな、アオが悪さはしなかっただか」

「なんの悪さなぞするものか、利口な馬じゃぞ」

「驚いた」

「すまぬがわれらを今晩泊めてくれぬか」

「アオを連れてきた客人だ。相部屋でよければ、まんまと酒はあるだよ」

影二郎らはアオを箱橇から外し、馬方に預けた。

「アオにな、滋養がつくものをたっぷりと食べさせてくれぬか」

「冬は厩暮らしだ、精をつけると却って病になるだ」

と馬方が顔を横に振った。

「ちと、伝馬宿の主に頼みがあるのだ。おれが言うとおりに塩を嘗《な》めさせ、人参でもなんでも食べさせてくれ。われら、どれほどアオに世話になったか知れぬでな」

「えさ代はそなた様持ちだがいいか」

「構わぬ」

影二郎の返答に馬方がようやく厩にアオを連れて行った。

「南蛮の旦那、なにを考えておる」

「蝮、アオなればわれらを雄勝峠越えさせてくれると思わぬか」

「アオを横手まで借り受けようという魂胆か」

「いかにもさようだ」

幸助が腕組みして考えていたが、

「伝馬宿の親父がどう答えるかだな」

「アオが同道してくれれば忠治との再会も早くなる」

よし、と答えた幸助が、

「おれは船着場の地蔵堂を訪ねてくる」

と幸助が伝馬宿から勝手知ったる船着場へと姿を消した。それを見送った影二郎とあかは伝馬宿の潜り戸を潜った。すると袖無し半纏《はんてん》を着込んだ大男が土間に立っていた。

「アオを六田から連れてきたは浪人さんかえ」

「いかにもさようだ」

「あやつが初めての乗り手に悪さをしなかったとはなんとも不思議なことよ」

「賢い上に馬力もある」

大男が首を振った。

「冬場の伝馬は休みだな」

「天気がいい日に川下りの船が出るくらいだ」

「アオを横手まで貸してはくれぬか。賃料一両でどうだ」

「雪道で凍え死ぬということも考えられよう。その損を思案して二両」

「一両二分がいいとこだ」

「決まった」

「ならばアオの世話をしっかりとしてくれぬか。明朝立つでな」

「明日は無理だ。二、三日吹雪になる。そいつが止めばなんとか出られよう」

と伝馬宿の主がご託宣すると大きな手を差し出した。

影二郎は一両二分を支払い、

「あか、明日は骨休めじゃぞ」

と土間の囲炉裏端に自分の塒《ねぐら》を見付けた飼い犬に言った。

「おまえさん方、江戸から来なさったか」

「いかにもさようだ」

「まさか八州廻りではあるまいな」

主の顔が厳しくなっていた。

「関東取締出役が犬を連れて旅をするものか。なぜそのようなことを聞く」

「数日前のことだ。八州廻り一行が山形藩のご家来を道案内に横手に下っていっただよ。鉄砲なんぞ持って物々しい恰好だ、まるで戦だな」

「なにをしに横手に八州廻りが押し出すな」

「国定忠治親分が羽州街道を下ったという話だ。嘘か真《まこと》か知らぬがな」

と主が言ったとき、蝮の幸助が、

「寒い寒い」

と三度笠に雪を高く積もらせて土間に入ってきた。

三

羽州街道の猿羽根《さばね》峠を猛然とした吹雪が襲い、今まで降り積もった根雪すら巻き上げて視界を閉ざしていた。

そんな中、アオとあかに引かれる箱橇が進んでいた。箱橇の前後には影二郎と幸助が頭を低くしてしがみつくようにして押していた。

街道を知り尽くしたアオは雪中でも街道を外すことなく進んでいた。

大石田河岸に影二郎らは二日ほど天候の回復を待って待機した。

その間に影二郎と幸助は箱橇に手を加える作業に没頭した。橇の滑面の竹の緩みを締め直し、箱橇にも大石田河岸の伝馬宿で手に入れた熊皮を使い、雪を避けられるように覆いを付けるなど改良を試みた。橇には飲み物と食べ物も積んだ。

三日目の朝、雪が上がり、天候が回復する兆しに影二郎らは出立を決めた。

大石田河岸から舟形《ふながた》の猿羽根峠下まで舟を雇い、箱橇と影二郎ら一行にアオまで乗せて一気に難所の碁点、隼の瀬を乗り切ることにした。

大石田河岸から舟形まで忠治も舟下りで北に向かっていた。

それを調べてきたのは子分の蝮の幸助だ。そこで忠治を真似て、影二郎らも舟を雇い、最上川を下ることにしたのだ。

舟下りの舟は雪で増水した流れをまず難所の碁点に向かう。

出立は夜が明けた六つの刻限だ。

舟が大石田河岸を離れてゆるゆると流れに乗った。

舳先にはあかが座り、流れを凝視していた。アオはこれまでも舟下りをしたことがあるとか、悠然としたもので舟の胴中に四肢《しし》を踏ん張り乗っていた。

影二郎と幸助は船頭の足元に位置を占め、幸助は煙管を吹かす余裕も見せていた。

豊かにもたゆたうような流れだ。

最上川こそ内陸の最上と京の都の二百里を結び付けたものだ。

この川の開削によって最上の紅花も青苧も米も酒田湊に下り、西廻航路で上方へと運ばれたのだ。紅花商いの最盛期、

「最上千駄」

とその量と値を誇った紅も最上川の流れがなくては生まれなかったし、また最上大尽もあり得なかった。

「旦那、恐ろしい流れだが今日のおれには優しく見えるぜ」

幸助が首を竦めて最上の黒々とした流れに目を遣っていた。

「羽州街道の雪道を行くことを考えればこれほどの楽旅もない」

「こいつが横手まで流れているといいんだがな」

「欲をかくんじゃないぞ、蝮」

山形、天童盆地と北に向かっていた最上川は舟形の手前、猿羽根峠下で北から西へと方向を転じて日本海に向かうのだ。

難所の碁点に差し掛かり、舟は揺れ出した。

幸助が腰を浮かせて船縁を両手で摑んだ。

「蝮、激流はだめか」

「こう激しく揺れてはいくら蝮でも抗しきれねえよ」

「両岸の雪景色を見よ、墨絵ぼかしでなんとも風情がある」

と影二郎が幸助に誘いかけたが幸助は固く目を閉ざしたままだ。

だが、最上を上り下りする船頭の腕は確かなものだ。渦を巻く岩場を避けて流れの緩やかなところを選んで下っていく。

「船頭さん、今から十数日前、おまえさんは一人の渡世人を乗せたそうだな」

と気を紛らすためか幸助が言い出した。

幸助は、忠治を猿羽根峠下まで送った船頭を指名したようだ。

「おまえさんの仲間かね」

と頬かぶりした船頭が櫓《ろ》を操りながら聞き返した。幸助が返答に迷い、

「蝮、なにか聞きたければ正直に話すことだ」

と影二郎が諭した。

「蝮の幸助、国定の親分の手下だ」

渡世人が国定忠治と船頭は承知しているようで影二郎を顎で差し、

「おまえさんもかね」

「忠治の手下ではない。だが、これまでも助けたり助けられたりした仲だ」

「夏目影二郎様だね」

「ほう、おれの名を承知か」

「親分がひょっとしたらおれの首斬り人が下向してくるかもしれねえ、名は夏目影二郎様と言われるだ、と説明しただよ。われがさ、首斬り人とは役人かと聞き返したらさ、親分が嬉しそうに、いや、夏目の旦那はおれの同胞《はらから》同然の方だと答えなさっただ」

「船頭さん、親分の様子はどうだったえ」

蝮が片膝を立てて船頭を見上げた。

「長脇差を抱いてよ、どっかと胴中に座っていなさったが目は血走ってよ、疲れが見えただ」

幸助が、ふうっと息を吐き、

「お気のどくのことだ」

と嘆いた。

「船頭、八州廻りが秋元家の家来を道案内に羽州街道を下ったそうだな」

「あの一行かえ、米沢街道から二隻の船に乗ってよ、見たこともねえ西洋鉄砲を抱えた江戸者の鉄砲方二人を連れていただね。なんでもその鉄砲方は長崎で阿蘭陀《オランダ》人に撃ち方を習ったとか。嘘かほんとか一丁半離れたところから狙って心臓《しんのぞう》を撃ち抜く腕前だそうだ」

「親分、厄介な野郎に追っかけられているな」

「八州廻りの名は分からぬか」

「関畝四郎《うねしろう》様と申されたかな。若い関様には六郷の参次とかいう渡世人が従っていたな。大人しい顔をしていたが、参次って野郎はひょっとすると八州廻りの旦那よりあくどい野郎かもしれないだ」

と船頭が言い切った。

「ほう、懐かしい名を聞いたな。なぜ、そう思うな」

「はっきりとはいえねえが、参次の神妙な顔が気にいらねえ」

「ほう、やはり猫を被っておったか」

舟は隼の瀬に差し掛かって大きく揺れた。すると幸助が船縁にしがみ付いて得意の読経を口の中で唱え始めた。

大石田河岸から猿羽根峠下までおよそ半刻で乗り切った。

「船頭どの、世話になった」

影二郎は約束の舟賃に一分金を乗せて渡した。

「こいつは過分なことだ」

「話代だ」

「親分とうまく会えるといいが会えるとおまえ様が親分の首を斬り落としなさるだね」

船頭が複雑な顔をした。

「忠治は簡単に首を落とさせるタマではないわ」

と影二郎が言うと船頭もほっとした顔をした。

羽州街道に戻った一行は再びアオが頼りの徒歩行だ。

アオは自分に託された意味を理解してか、悠然と街道を峠に向かい、進み出した。

猿羽根峠に向かう道中、天気が早くも崩れてきた。

だが、アオは動物の本能でひたすら前進を続け、かんじきを履いた影二郎らも箱橇の前後を押して手助けした。

尾花沢と新庄宿の間は五里二十一丁（およそ二十二キロ）と長い。だが、猿羽根峠下まで舟に乗せてもらったのでだいぶ距離を稼いでいた。

まず猿羽根峠越えが羽州街道最大の難所の雄勝峠を箱橇で越えられるかどうかの試金石になる。それだけに影二郎らは必死でアオを助けた。

悪戦苦闘一刻半、遂に峠の頂きに到着した。

「ふうっ」

と幸助が大きな息を吐いた。

影二郎が一文字笠の縁を押し上げると北の空には青空が見られた。

「喜べ、天気が回復したぞ」

疲労困憊の体《てい》の幸助が顔を上げて、

「おおっ」

と喜びの声を上げた。

峠でアオとあかに水をたっぷりと飲ませ、四半刻も休ませると再び一行には英気が蘇ってきた。

「よし、峠道を一気に舟形まで参ろうか」

影二郎がアオの首をぽんぽん撫でた。

あかも箱橇に乗ろうとはせずアオの前を先導するように走り出し、

「蝮、われらは橇の重しだ」

と橇の前後の横板に二人して立ち乗りした。

ひひーん
と嘶《いなな》いたアオがあかを追って走り出した。

大石田河岸で改良を加えた箱橇が滑るように雪道を駆けていく。

猿羽根峠の坂道を箱橇は一気に下り、舟形宿を抜けると最上街道と羽州街道が交差する舟形橋を越えた。

流れは小国川《おぐにがわ》だ。

人影が橋際で動いた。だが、箱橇はすでに通り過ぎていた。

「旦那、アオを止めてくんな」

と蝮の幸助が願い、影二郎が手綱を引いて街道の傍らに止めた。

「小国川まで戻ってくる間、待ってくんな」

箱橇は小国川に架かる舟形橋を半丁ほど越えたところに止まっていた。

幸助が身軽にも橇を飛び下りると駆け戻っていった。大かた、忠治が行く先々に残した連絡《つなぎ》を確かめにいったのだろう。

影二郎は峠越えの間、アオの前を走ってきたあかを箱橇に乗せ、アオには水と塩を与えた。

路傍の雪に道標が頭だけを出していた。

影二郎が雪を掘ると、

「しんじょう宿迄一里半」

と刻まれてあった。

影二郎は再び空に黒い雲が疾るのを見た。また雪が降り始める予兆だ。

ずずーん

と鈍い銃声が響き、

ひゃっ

と叫んだ蝮が必死で走り戻ってきた。

その後方に鉄砲を持った役人が追ってきた。だが、鉄砲は猟師鉄砲で異国渡来の最新式銃ではなかった。

「蝮、急げ」

影二郎の激励にこけつまろびつ幸助が橇の十数間手前まで戻ってきたとき、アオが踏み出した。

「アオよ、待ってくれ」

幸助が最後の気力を振り絞って助走を始めた箱橇の支柱棒にしがみ付き、横板に飛び乗った。

「はいよ！」

と影二郎がアオに全力疾走を伝え、アオが猛然と突進し始めた。

その後方から再び銃声が響いて、鉄砲玉が箱橇の傍らを、

ぴゅん
と飛び去った。

「蝮、箱橇に潜り込め」

と命じた影二郎は前板の上で体の均衡を保ちつつ、アオの疾走に一行の身を託した。

箱橇が風と化して羽州街道を飛んでいく。

「新庄藩の番人か」

「よほど江戸からの通達が厳しいと見えて、おれが野地蔵に歩み寄ろうとしたらいきなり鉄砲を突き出されて、肝を冷やしたぜ」

「普段鉄砲なんぞ撃ったことがねえ役人でよかったな」

「南蛮の旦那、ありゃ、この界隈で封人《ほうじん》と呼ばれる地役人だ」

と影二郎の後ろから風に抗して叫んでいた幸助が、

「あいつら、馬に乗って追ってきやがるぜ」

と知らせた。

影二郎が振り向くと三頭の馬が雪道を追ってきた。

箱橇との距離は三丁ほどか。

「アオ、おまえに任せたぜ」

影二郎の言葉を理解したようにアオがさらに脚を早めた。

雪の原が流れ、小さな流れに架かる土橋を越えたとき、再び雪が降り始めた。

「旦那、馬が一丁と迫ったぜ」

と叫んだ幸助が、
ああっ！

と悲鳴を上げた。

「鞍の上で鉄砲を構えたぞ！」

「念仏でもなんでも唱えろ」

アオの脚が段々と弱まっているのを影二郎は感じていた。

「ああ、半丁とねえ！」

「幸助、手綱を代われ」

疾走する箱橇の上で前板に幸助が移動し、影二郎は箱橇の熊皮の覆いの中に転がり込んだ。あかは大人しく箱橇の片隅に丸まっていた。

馬蹄が直ぐそこに響いてきた。

影二郎は激しく揺れる箱橇の中で南蛮外衣を脱ぐと片襟を摑んで、両膝で立った。すると馬の顔が鼻息がとどくほど目の前に迫っていた。

「止まれ、止まらぬか！」

鉄砲を構えた封人が叫んでいた。雪道をよく知った馬の乗り方だ。

影二郎がさらに上体を立てた。

そのとき、箱橇の左右に二頭の馬が並び、猟師鉄砲の銃口が突き出され、後ろに走る頭分の下知を待つ様子があった。

影二郎が畳んでいた南蛮外衣を虚空に投げ上げると手首に捻りを加えて旋回させた。

すると雪上に黒羅紗と猩々緋二色の大輪の花が見事に咲き誇り、両の裾に縫い込まれた銀玉二十匁が突き出された鉄砲の銃身を跳ね飛ばし、乗り手の体に当たって鞍の上から落馬させた。

ああっ
と転がり落ちた封人の体に後ろから走ってきた馬が乗り上げて雪道に転がって一瞬にして三頭が箱橇から離れていった。

「蝮、アオの脚を緩めてやれ」

影二郎の命にどうどうと掛け声をかけてアオの速度が落ちた。

その時、前方に新庄城下が見えてきた。

新庄藩は出羽国最上郡一円と村山郡の一部を領有した外様大名である。禄高六万八千石、天保期、戸沢能登守正令《まさのり》の代を迎えていた。

「蝮、城下を抜けるのは差し障りがあろう。どこぞに迂回する道はないか」

「ならば新田《しんでん》川の上流に曲がり、城下を避けようか」

と答えた幸助が手綱を捌《さば》いて羽州街道から箱橇を野良道に曲げた。

「旦那、ちょいと早いがこの界隈に泊まらないか。新庄から院内まで九里二十三丁もある長丁場が控えていてよ、その間に雄勝峠がおれたちを待ち受けていやがる」

「どこぞに心当たりはあるか」

「この界隈には知り合いはねえ」

と幸助が答えたところに影二郎は一条の煙を見た。

「遠く関八州から離れたが浅草弾左衛門様の威光があるかなしか試してみようか」

と河原に箱橇を下ろすことを命じた。

煙が裏街道を旅する人の宿、流れ宿か善根宿と思ってのことだ。

雪の河原にひしゃげたような板屋根があって、雪が降り積もっていた。壁から竹の煙突が突き出し、煙を吐いていた。雪国の河原で生き抜くには火は欠かせない。

影二郎は流れ宿が平屋ながら二棟に分かれ、一つは家畜小屋だと見当をつけた。

箱橇を止めてまずアオの留め具を外して世話をした。あかも河原を歩き回り、用を足していた。

影二郎はアオに餌を与える作業を幸助に任せ、一文字笠を被った着流しで流れ宿の戸を押し開けた。

囲炉裏の温もりが顔を撫で、影二郎は煙を透かして暗い屋内を見た。囲炉裏端を男女五、六人が囲んでいたが、あちらからもこちらを窺う様子があって、

「あら、南蛮の旦那、そろそろ姿を見せてもいい時期とお待ちしておりましたよ」

と懐かしい声がした。

煙を透かすまでもなく大目付常磐秀信の密偵菱沼おこまの声だ。そして、その傍らには父親の菱沼喜十郎が手に茶碗を握ってにごり酒を飲んでいた。

「追いつくのが遅いと思うておったが先回りか」

「夏目様、御用旅で江戸を留守しておりまして申し訳ございませぬ。お父上から書状を頂戴し、御用先からこちらに参りました」

喜十郎が丁寧に遅れた理由を説明すると茶碗を置いて土間に下りてきた。そこへ蝮の幸助とあかが入ってきて、

「急に賑やかになったよ」

とおこまが嬉しそうな声を上げ、あかがおこまに飛び付いた。

四

数日後、すでに降り積もる雪で道も判然としない羽州街道雄勝峠に箱橇を馬に引かせた一団が差しかかっていた。

峠は新庄藩と秋田藩領の国境であり、別名杉峠とも呼ばれ、それは二本の大きな杉が峠を越える旅人の目印になったからだ。

その昔、及位《のぞき》と院内の間に横たわる羽州街道最大の難所、冬場雪崩が頻発する有屋峠《ありや》越えで旅人は命を落とすこともしばしばであった。

慶長七年（一六〇二）、関ヶ原の戦いの後、佐竹義宣《よしのぶ》は常陸国水戸五十四万六千石から秋田領二十万五千八百石へと国替えを命じられた。石高を三分の一以下に減封されたのは佐竹家が関ヶ原の戦いに際して東軍に与しなかったためだ。

秋田（久保田）藩の藩祖となる義宣は、まず参勤交代と物産移動のために街道整備に着手した。羽州街道の有屋峠越えをより標高の低い主寝坂《しゅねざか》峠と雄勝峠を越える道筋に変えて整え直した。それでも羽州街道一の難所であることに変わりない。

さらに佐竹義宣は旧領常陸での鉱山開発の知識と体験を生かし、領内の山々の開発を積極的に行った。入封《にゅうほう》から四年後、義宣の苦労は実を結ぶ。

院内に銀鉱脈が発見されたのだ。最盛期、

「山一口《いっこう》より千貫目、万貫目を掘り出す」

と言われる埋蔵量の銀は、石見《いわみ》、生野《いくの》と並ぶ屈指の銀山になり、徳川幕藩体制の基礎を固めた。この豊かな銀を目指して諸国から山師、金穿《かなほり》などが院内に集まった。

同時に街道を人と物資が往来することで宿場が形成され、道路が完璧になった。だが、

それも春から秋口までだ。

街道整備の功労者ともいえる院内銀山は、

「山小屋千軒下町千軒」

を誇る賑わいを見せて、院内を羽州街道有数の宿場に育て上げた。またこの街道を利用し雄勝峠を越えて銀山の盗掘をなす者、かくれキリシタン、犯罪人など雑多な人々が秋田領内に入り込んだ。ために秋田藩では国境に番屋を置き、厳しい取り締まりを行った。それも往時のことだ。十七世紀以降、銀、金の採掘量が減少し、銅が主流になって院内は昔の山里に寂れていこうとしていた。

だが、

「国の宝は山なり」

「山の衰えは即ち国の衰えなり」

という考えは秋田藩の根本的な考えであり、国策であった。

雪が横殴りに降って目印の杉の大木さえどこに立っているのか見えなかった。歩みは遅々としてすでに雪中を進むこと四刻余り、どこか、峠道で一夜を過ごさねばならないことは確かだった。

それでも影二郎、蝮の幸助、菱沼喜十郎、おこま親子の四人にあかが箱橇を囲み、アオが引く橇の助勢をして半歩また半歩と雪の中を進んでいた。

幸助は主寝坂峠下の地蔵堂で忠治からの連絡《つなぎ》を受け取っていた。それによれば忠治が雄勝峠に差し掛かったのは十三日前とのことだ。さらにその九日後、関東取締出役関畝四郎一行が峠越えをしたのを峠下の住人が認めていた。

赤装束の女忍びらが峠を越えたかどうか、幸助が訊き回ったがその気配はなかった。

「南蛮の旦那、われら、関一行様と女忍びに囲まれての道中だね」

と幸助が言うと、旅の薬売りに身を窶《やつ》したおこまが、

「おや、夏目様と幸助さんはそのように色気に囲まれての道中でしたか」

と影二郎の顔を見た。

「おこまさん、おれは途中からだがさ、南蛮の旦那は日光金精峠以来、馴染みを重ねて

いるようだぜ」

と幸助が苦笑いしながらおこまに説明した。

「父上、鳥居様の下にそのような女忍びがおりましょうか」

「寡聞《かぶん》にして初めて聞くな」

と喜十郎が答え、

「影二郎様、忠治親分を追う旅と聞いてきましたが、なかなか艶《つや》っぽい道中を続けておいでですね。父上と必死の追跡をしてようよう夏目様に会うことができましたがお邪魔でしたか」

「おこま、そなたに似合いの女忍びよ。英吉利製元込め式のエンフィールド連発銃を携帯しておってな、若い娘だが、なんぞ憑かれたような顔付きの女狐どもだ」

「ほう、エンフィールド銃ですか。だれもが入手できる銃ではございませぬな。影二郎様が鳥居様の息がかかった女忍びと考えられるのも無理はございませぬ」

「この次、姿を見せたとき、おこま、そなたが相手致せ」

「まあまあ、若い女に年増女を当てて始末されようという算段ですか」

とおこまが嫣然《えんぜん》と笑ったものだ。

おこまの荷には亜米利加《アメリカ》製の古留戸《コルト》連発短銃が仕舞われていた。

「旦那、アオの脚が止まったぜ」

と幸助が案じ顔をした。すでに峠道は二尺余を超えた雪が積もり、アオの脚がずぶずぶと潜り込んで難儀させていた。

「どこぞで休みたいところじゃが、この峠ではな」

吹雪の音の間にアオの荒い息遣いが混じっていた。

ふいにあかの凍り付いた背の毛が逆立ち、これまで進んできた峠道を振り返った。

「退屈凌ぎにたれぞが現れたか」

と影二郎が峠道を見たが曲がりくねった上に吹雪で視界は利かなかった。だが、ひたひたと影二郎の一行を追尾しているのは間違いなかった。

おこまが背に負った荷の中から布包みを取り出した。影二郎には見なくともそれがおこまの手に馴染んだ古留戸連発短銃と分かった。

「旦那、数年前の夏にこの峠を越えたがね。確か峠の頂きに夏場だけ幟《のぼり》を立てる一軒茶屋があったはずだぜ」

蝮の幸助の声が聞こえたか、弾む息を整えていたアオが最後の坂道へ進みを再開した。

「よし、われらもアオに取り残されるでない」

再び箱橇を囲んでの峠越えが始まった。

箱橇を押す影二郎らから見てもアオの大きな尻が真上に見えて最後の急坂ということが分かった。

時折、あかが後ろを気にして振り返った。

影二郎は箱橇を離れて奮闘するアオの傍らに付くと手綱を持ち、

「アオ、茶屋に着くまでもうしばらくの辛抱じゃぞ」

と激励した。

ひひーん

と影二郎の言葉を理解したようにアオが嘶き、雪の中から前脚を抜いて前方の新雪を踏み締めた。

影二郎は体の横手をなにかが飛び過ぎるのを察知した。

振り向くと赤色のムササビが枝から枝へと飛翔していた。

峠の茶屋を影二郎らより先行する算段か。金精峠で丸沼の八角堂を影二郎らに押さえられて苦戦をした赤装束が先手を取ろうとしていた。

この吹雪の中、一軒茶屋を女忍びに先を越されては、影二郎一行が雪中に一夜を過ごすことになる。先に茶屋を押さえるかどうか、両派にとって生死の分かれ目だ。

影二郎が一文字笠の竹骨の間に差し込んだ両刃の簪《かんざし》に手をかけたとき、

ずずーん

という音が背後からしておこまが古留戸連発短銃を放った気配がした。赤のムササビの飛翔が急に力を失い、雪の谷底へと落下していった。

影二郎の片手の手綱に力がかかった。銃声に驚かされたアオが雪の中を暴走し始めた。

「どうどうどう」

と影二郎が制止しようとしたがアオは必死の力を振り絞って闇雲に走り出した。

影二郎は手綱に摑まり、他の者たちは箱橇に摑まって雪の坂道を突進するしかない。

だが、アオの暴走はそう長くは続かなかった。

ふいにわずかに平の尾根に出て、雪を被った一軒茶屋が見えた。

アオはそれを承知で走ってきたのだ。

影二郎が一行を振り向くと短銃を放ったおこまの姿が欠けていた。アオの暴走に峠下に取り残されたようだ。

「おこまさんを見てこよう」

と幸助が引き返そうとしたとき、峠下から何発か銃声が呼応して響いた。

「蝮、アオの世話を頼む。おこまは任せよ」

と影二郎が引き返そうとすると父親の喜十郎が従った。

その手にはすでに愛用の強弓《つよゆみ》、重籐《しげどう》が携えられていた。

菱沼喜十郎は道雪派の弓術の達人だった。

二人はかんじきの足で箱橇の滑り跡の残る道を急いで引き返した。すると頂き下でおこまが赤装束に囲まれているのが吹雪を透しておぼろに見えた。

喜十郎が距離を目測し、街道脇の岩場に走り寄り、這い上がろうとした。

弓を射る場所を求めてのことだ。

影二郎は峠下へと駆けた。

再び銃声が響き、それに呼応して馴染みの短銃音が響いた。

影二郎が一段下の峠道に飛ぶように駆け下ると雪を積もらせた枝の上からエンフィールド連発銃を構える赤色が見えた。

一文字笠の竹骨の間に差し込まれた珊瑚玉飾りの簪を抜いた。その昔、影二郎と二世の約束を交わした想い女の萌が自害するために遣った品だ。

無音の気合いを発した影二郎の手首が捻られ、両刃の簪が吹雪をつくと女忍びの首筋に突き立った。

ああっ
という悲鳴と共に木から落下した。

次の瞬間、銃声が雄勝峠に響きわたり、その銃声の間に矢羽根の音が混じって、もう一人の女忍びを枝上から墜落させた。

影二郎は簪で仕留めた女忍びの元へと歩み寄ろうとした。するとずぶずぶと腰まで雪に埋まった。

枝から落下した女忍びがよろよろと立ち、影二郎を認めると首筋に簪を突き立てたまま迫ってきた。すでに若い女忍びの手にはエンフィールド銃はなかった。

影二郎は南蛮外衣の襟を凍える手で摑んでいた。

数間に迫った女忍びは立ち止まると首筋に突き立った簪を片手で、

わああっ

という悲鳴とともに抜き、逆手に構えると影二郎に襲い掛かってきた。

影二郎が南蛮外衣を吹雪に抗して旋回させた。だが、雪に湿った外衣は黒と緋の花を咲かせることなく冷たくも棒のように固まったままに女忍びの体を打った。

銀玉と湿った羅紗《ラシャ》の重みで女忍びの体が、

ごろり

と雪に転がった。

影二郎は埋まった下半身を抜くと女忍びに這い寄り、最期の足掻きを見せる忍びの手から簪を奪い返した。

女忍びは自ら谷に向って転がり落ちていった。

再び銃声と弓の音が重なった。

影二郎は簪を一文字笠に戻すと南蛮外衣を身に纏い、谷底へと消えた女忍びが残したエンフィールド連発銃を手にして峠道に戻った。

口笛が、
ひゅっ
と雄勝峠に響き、おこまを囲む女忍びの赤い影が不意に消えた。

「おこま、大丈夫か」

「若い忍びのへろへろ玉に当たるおこまじゃあありませんよ」

と元気な声がして、岩場の上から、

「影二郎様、女忍びどもは一軒茶屋を襲う気ですぞ」

という喜十郎の警告の声が響いた。

「しまった、幸助ひとりを残してきた」

「参りましょう」

三人は疲れ切った体に鞭を打って再び頂きへと走り戻った。すると一軒茶屋を十数人の女忍びが囲み、一人などは屋根に上がって天窓から屋内に忍び込もうとしていた。その手には松明を掲げている。

「お任せあれ」

と道雪派の弓の達人が歩みを止めて、雪中半身に構えた。

凍えた手に息を吹きかけ、弓弦《ゆづる》を引き絞ると重籐の弓が満月に撓《しな》った。

弦音が響いて、矢が吹雪を分けた。

二十数間を飛んだ矢は、天窓を引き開けようとした女忍びの脇腹から胸に突き立ち、屋根の上に転がした。手から松明が飛んで屋根の下に落ちた。

影二郎もエンフィールド連発銃を構えて女忍びを狙った。

影二郎らが戻ってきたことを知った女忍びとの間に再び一軒茶屋を巡って銃撃戦が繰り返されることになった。

死力を尽くしての消滅戦だと互いが分かっていた。

茶屋に籠った幸助は、しっかりと戸締まりをして女忍びの侵入に耐えようとしていた。

一人でも入り込ませれば形勢は逆転する。

影二郎は正面からの攻撃を菱沼親子に任せて、一軒茶屋の裏手に回った。するとそこにアオがいて、女忍びが裸の背に跨がろうとしていた。

「アオ！」

と叫びつつ、銃を構えた。すると影二郎の叫びに呼応するように背に飛び乗った女忍びをアオが振り落として後ろ足で蹴り上げた。女忍びはアオの蹴りから逃れてごろごろと雪を転がった。

影二郎は手にしていたエンフィールド銃の床尾を雪原に突き立てると駆け寄るアオの背に、ひらりと跨った。

「アオ、目障りな女忍びどもを羽州街道から放逐致す。もうひと頑張り働いてくれぬか」

ひひーん！

とアオが嘶いた。影二郎は南蛮外衣の片襟を摑むと、

はいよ！

と馬腹を軽く締めた。するとアオが即座に反応して一軒茶屋の裏手から表に駆け出していった。

阿片を吸引し恐怖心を失くした女忍びの一団は無謀な攻撃ですでに半数を失っていた。

それでも狂気に憑かれた女忍びらは果敢にも正面突破を試み、一軒茶屋に侵入しようとしていた。

「螋、しばらくの辛抱ぞ！」

と大声を上げた影二郎は、エンフィールド銃を構える女忍びの背に襲いかかり、南蛮外衣を右に左に振り回すと背を、腰を打って雪原に転がした。

アオは箱橇を外されたこともあって雪中にもかかわらず軽やかに走り回り、女忍びに次々に襲いかかって四散させた。

ひゅっ
と再び口笛が鳴り響き、女忍びらが雄勝峠一軒茶屋の前から後退していった。

「螋、戸を開けよ」

という影二郎の声に戸が開かれて、あかがまず飛び出してきた。

「女忍びめ、少しは堪《こた》えたかねえ」

と幸助が姿を見せた。

「この雄勝峠の雪の夜に耐えられるかのう。もはやわれらの前に姿を見せる力は失っておる」

「そいつはちと寂しい気もするな」

影二郎がアオの背から飛び降りた。

「螋、どこぞにアオを繋ぐ小屋はあるか」

「茶屋の土間の一角に馬小屋もある、アオとあかが休む広さはたっぷりとあるぜ」

幸助が茶屋の大戸を押し開いて一行を迎え入れた。

幸助の言うとおり、茶屋の中には馬どころか箱橇を入れる広さの土間があり、一角に囲いがあって馬小屋になっていた。また板の間には囲炉裏を切ってあって火がすでに燃え上がっていた。

「峠で野宿も覚悟したが極楽が待ち受けていたぞ、アオ」

影二郎らは手分けしてアオの世話やその日初めての食事の仕度にかかった。

半刻後、一行は囲炉裏端に落ち着き、一軒茶屋にあった酒を酌み交わしていた。

濡れた体をきれいに拭われたアオは飼料を与えられて今はのんびりと馬小屋に憩っていた。その傍らの筵の上にこちらも餌を貰ったあかが丸まっていた。

囲炉裏の自在鉤には鉄鍋がかかり、おこまが味噌仕立ての猪鍋を調理していた。

猪の肉も野菜も流れ宿から分けて貰い、箱橇に積んできたものだ。

一軒茶屋の囲炉裏の火にくすんだ板壁や柱に院内の銀山に働き場所を見つけて峠を越えた山師らの落書きが無数に刻まれていた。

冬の間、店を閉ざした一軒茶屋だが、峠を越える旅人の避難小屋として使われているのだろう。

「蝮、羽州街道一番の難所をなんとか越えられそうだ。院内に下れば雪道だが平地だ。まあ、何事もなく湯沢、そして、横手に着こう」

「南蛮の旦那、いかにもさようだな」

「忠治を横手に送り込んだはおめえだ。横手には忠治を庇《かば》う人物がおるのか。昔馴染みの喜十郎、おこま親子も顔を揃えたところだ、どうだ、本音を明かさねえか」

と影二郎が言い出したのは酒のせいだけではなかった。

忠治の本拠地は上州を中心にした関八州だ。

幕府の反撃で盗区の関八州を逃げ回るのが難しくなっているのは確かだった。忠治が逃げた先が土地勘のある会津なら理解もつく。さらに北に向かって逃避する忠治の動機が影二郎には今一つ分からなかったのだ。

「南蛮の旦那、おまえ様方に格別隠す気持ちもねえ、いつかは話さなければとは思うていた。雄勝峠の一軒茶屋、雪が霏々と降る音を相の手におれの話を聞いてくれるか」

と蝮の幸助が座り直した。

「親分の逃亡を支えて来たのは関八州の百姓衆、日光の円蔵兄いら子分衆だけではねえ。女衆が忠治親分の逃走を助け、隠れ家を提供してきたのさ」

「忠治の女か」

軽く頷いた幸助が、

「南蛮の、親分のおかみさんは長岡家と昔から付き合いがあった佐位《さい》郡今井村の桐生家の出の鶴《つる》さんだ。二つ年上だが、大人しい上さんでね、忠治親分が威勢を張りなさる時分にはひっそりと暮らしていなさった」

と告白する内容は影二郎にとってちょっと思いがけないものだった。

「鶴さんが正妻ならお町《まち》さんは妾だ。田部井村の名主の養女でな、嫁に出たが離縁して村に戻ったところを親分が見染めて妾にしたんだ。親分とは同い年のなかなかの美形よ。さらにもう一人、お徳《とく》さんという妾がいらあ。有馬村の小さな百姓の娘でな、二十一のとき、五目牛《ごめうし》村の千代松の奉公人になり、千代松の女房を追い出して後釜に座ったほどの気が強い女よ」

徳は関東代官羽倉外記が、

「鷙悍《しかん》を以て愛さる」

とその書付に記した女で、他鳥を喰い殺して生きる鷙、隼に擬せられている。

「……この三人が子分の間に知られた親分の女だがな、どれにも親分の子はいねえや」

「まあ、三人の他の女の人に忠治親分は子を産ませたんですね」

とおこまが口を挟んだ。小さく首肯した幸助が、

「おこまさん、今から一年半ほど前かねえ、会津西街道大内宿の旅籠の娘のおれいさんと親分がいい仲になり、おれいさんが子を宿したのさ。親分はおれには子種がねえといつも言ってなさっただけに非常な喜びようで、おれをそっと呼んで、蝮、八州廻りにも徳にも知られたくねえ、身重のおれいをどこぞに移して子を産ませることはできねえかと相談があったんだ」

「それで蝮が昔願人坊主の修行で過ごした馴染みを頼り、会津を遠く離れた出羽国の横手におれいを送り込んだというわけだな。子が生まれたか」

影二郎がどことなく納得した顔で聞いた。

「男の子で親分は千太郎《せんたろう》と名付けるようにおれいさんに伝えなさった」

「忠治親分は千太郎さんに会ってないのですね」

「おこまさん、そういうことだ。子を持って親分は親心に目覚めなさったのか、八州廻りに捕縛される前に一目会いたいと雪の羽州街道を独り北行しなさったという理由《わけ》よ」

「蝮、千太郎の存在を関東取締出役は摑んでおるのか」

「いや、おれいさんとのことは関東代官の羽倉様もご存じあるまい。だが、親分が気にしているのは八州廻りでも関東代官でもねえ、妾のお徳さんだ。お徳さんは悋気《りんき》も疳も強いが勘も並外れている。おれいさんと千太郎さんのことを知れば、間違いなくいびり殺す」

しばし囲炉裏端を沈黙が支配した。

「今頃、忠治親分はわが子と一緒なんですね」

とおこまが尋ね、影二郎が言わずもがなの言葉を重ねた。

「忠治はこの冬を横手で親子水入らずで暮らす気だったか」

「関畝四郎様方が羽州街道を北行していきなさったんだ。その願いも消えたね」

と蝮の幸助が呟いた。

第五話　忠治死す

一

影二郎らは雄勝峠の頂きにある一軒茶屋で雪に降り籠められて二日二晩過ごし、小降りになった三日目の明け方、十分に休養させたアオに箱橇を引かせて峠道を下ることにした。

新しく降り積もった雪の峠道の下りは難渋を極めた。雪崩の恐れがある山裾の道をそっと息を潜めて進むのだ。峠上から院内まで二里ほどの距離を踏破するのに長い時間がかかった。

秋田領内の最も南に位置する院内宿の追分道に達したとき、暮れ六つ前の刻限で、雪中六刻（十二時間）以上の道中だった。

院内は矢島街道の分岐でもあった。

「ようやく人里に着いたぜ」

蝮の幸助がうんざりとした声を上げたとき、雄物《おもの》川に架かる橋際に秋田（久保田）藩の番屋が見えた。

「南蛮の旦那、例の書付でなんとか佐竹様の役人を騙してくんな」

と幸助が影二郎に願った。

影二郎の懐には大目付筆頭にして街道を監督する道中方兼職の常磐秀信の身分証明ともいえる手形があったし、秀信の密偵菱沼親子も幕府の御用手形は持参していた。

「影二郎様、ここはそれがしが」

菱沼喜十郎が応対することになった。なにしろ雪の峠道を下ってきた異形の一行だ。

番屋役人は警戒心を持って影二郎らを迎えた。

「佐竹様ご家中かな、お役目ご苦労に存ずる」

「お手前方は、旅芸人か」

番屋役人の頭分の手代が一行を睨《ね》め回し、尋ねた。

喜十郎は御用手形を示すと、

「数日前、関東取締出役関畝四郎どの一行がこの地を通過したと思うが」

と反問した。

「貴殿方も国定忠治を追捕するご一行か」

「いかにも」

「ちと変わったいで立ちにござるな」

「天下の侠賊国定忠治の追捕は並みのいで立ちではなり申さぬ、直ぐに感づかれるでな。そこでわれら、かようにも浪人やら渡世人やら薬売りに扮しての御用にござる」

「それはご苦労に存ずる。関どのも申されたが羽州街道に国定忠治が潜入したというのは確かな話かな」

「お役人、将軍様日光社参を前に忠治現わるの報は関八州のみならず五街道脇街道の宿場に数多《あまた》流れておってな。正直、われら、忠治の幻を追っているような気持ちにござる。じゃが、御用とあらば幻でも追わねばならぬのが宮仕えの辛さでござる」

「それを聞いて判然とし申した。関どの一行が余りにも武張っての秋田領内入りゆえ、城方では真偽のほどを何度もわれらに問い合わせなされた。今貴殿の言葉を聞いてなんとのう氷解致した」

「お役人、院内宿にて旅籠をご紹介願えぬか」

喜十郎の言葉に番屋役人の手代分が小者に向かい、

「これ、大造、銀山温泉の雄物屋に案内致せ」

と道案内まで付けてくれた。

四半刻後、影二郎、喜十郎、そして、幸助の三人は銀山発掘の拠点ともなった
「下町千軒」

の中にある大湯に冷え切った体を浸けて夢見心地を味わっていた。

「南蛮の旦那、アオをこの先、連れていくかえ」

と幸助が湯の中から聞いた。

羽州街道の最大難所の雄勝峠を越えた今、伝馬を連れての道中は難儀だ。

「横手だろうと院内だろうとアオを大石田河岸に返すのはどうせ春だな」

「ならば大石田河岸に少しでも近い院内の伝馬宿で冬を過ごさせるのがよかろうと思うたまでだ。おれが湯上りにアオを引いて伝馬宿に頼んでこよう」

羽州街道を上り下りする馬の世話は各伝馬宿が相身互いにやっていた。厩もあれば馬方もいる。

「蝮、アオが粗略に扱われぬよう酒代を十分に渡せ」

「心得ていらあ」

身軽が身上の蝮の幸助が湯から先に上がっていった。

「影二郎様、湯沢まで三里三十丁、湯沢から横手までは五里、雪道を考えても明後日の夕刻には横手城下に到着致します」

菱沼喜十郎が初めて影二郎と二人だけになったのを機会に言い出した。幸助は馴染みの顔だが、国定忠治の子分に違いはなかった。

「忠治に会った後、どうなさるおつもりにございますか」

影二郎は両手に湯を掬い、顔を洗うと、

「迷うておる」

と正直に答えていた。そして、

「父からなんぞ新たな命を受けてきたか」

「御用先に書状を頂戴致しました。もはや国定忠治の命運は尽き果てた。あとは死に際を間違えぬことだと記されておりまして、その手伝いをせよと命じられてございます」

秀信もまた忠治の死を願っていた。

「おれとてその気持ちに変わりはない」

「一軒茶屋の話を聞いて心変わりなされましたか」

「喜十郎、希代の俠客の最期の花道を飾ってやりたい気もしてきた」

「花道とはなんでございますな。おれいと千太郎と一緒に余生を過ごさせることではございますまいな」

と常磐秀信の密偵が険しくも釘を刺すように聞いた。

「喜十郎、好き放題にお上を誑《たぶら》かしてきた忠治だ。そんな無理が利くわけもない。おれいと千太郎との暮らしはこの冬一杯は続くまい。泡沫《うたかた》の間に消える至福の一時よ」

「関畝四郎どの一行はすでに横手入りなさっておいでです」

「八州廻りといえども蝮の幸助が知恵を絞った隠れ家だ、そう簡単に見つけられるとも思わぬが」

「その点、われらは道案内がおります。先行する関様方よりわれらが先に忠治に会うことになりましょうな」

喜十郎は影二郎に覚悟を迫っていた。

「しばしその答え、待ってくれぬか」

「それがし、影二郎様のお目付役ではございませぬ」

「腹に一物ありそうだな」

「国定忠治を生んだのは幕府の貧しい施策にございましょう」

「日光社参を催したくらいでぐらぐらとした幕府の屋台骨が持ち直すわけもない。関八州の領民はそんなことお見通しだ。だが、幕閣の中にだれ一人としてそれに気付いた人間がおらぬ。いかにも幕府の無為無策が一代の渡世人国定忠治と無法地帯の盗区を生んだのだ」

「となれば」

「喜十郎、それ以上申すな」

はっ、と喜十郎が答えて湯船から上がった。

座敷には旅籠の内湯を使ったおこまがすでにいた。そして、四人前の膳が並んでいた。

「幸助さんもおっ付け戻って参りましょう」

とおこまが影二郎に燗徳利を差し出した。

「われらだけ先にやるのはちと気が引けるが、湯に入ったら急に喉に渇きを覚えた」

と影二郎が盃を差し出し、

「影二郎様にお酌をするなどいつ以来にございましょうか」

と笑った。

「明後日には横手に着くというぞ。峠越えの祝い酒だ、おこまも飲むがよい」

燗徳利をおこまの手から取り、菱沼親子の酒盃を満たした。

「われら、御用とあらばどこにも参ります。ですが、かように雪が深い地は初めての旅にございます」

「日光金精峠の雪が可愛くなった」

「内湯で湯治の婆様に話を聞きましたところ、冬の盛りには丈余どころか三丈も雪が積もる村があるそうにございます」

「三丈か、驚きいった次第じゃな」

気兼ねのない話で静かに酒を酌み交わした。だが、蝮の幸助はなかなか戻ってこなかった。

「幸助さん、遅うございますな。まさか八州廻りに捕まったということはございますまい」

おこまが幸助の帰りを案じた。

「伝馬宿でアオとの別れを惜しんでおるか」

と喜十郎が娘の言葉に応じ、影二郎は大湯で別れてすでに一刻は過ぎたかと思い至った。

「おこま、蝮の持ち物を調べてみよ」

えっ、と驚きの顔で影二郎を見返したおこまが急いで隣座敷に入っていった。そして、直ぐに控え部屋から帳場に出向く様子がした。

「幸助め、道案内の役自ら下りましたか」

喜十郎が尋ねたとき、おこまが戻ってきた。

「うっかりとしておりました。幸助さん、旅仕度で伝馬宿に向かったそうです。私、これから伝馬宿を訪ねてみます」

おこまが外出の仕度をしようとした。

「止めておけ、おこま。蝮め、伝馬宿には立ち寄っておるまい。夜を徹してアオと横手に向かったか」

「どういうことにございますか」

おこまが切口上に聞いた。

「蝮はなんぞ考えがあって先行したのだ。ここまでわれらを連れてきたのだ。忠治と逃げる理由《わけ》はあるまい。われらは予定どおりに横手に入ろうか。蝮の方から連絡《つなぎ》をつけてこよう」

おこまが自分の座に座り直し、主のいない四つ目の膳を見た。

翌朝、七つ立ちで影二郎の一行は院内銀山の旅籠を出た。主役の影二郎とあかは変わらず、連れが菱沼親子と替わっていた。

今朝も羽州街道に蕭《しょう》々とした雪が降っていた。

もはや馴染みの景色で影二郎は一文字笠を被り、南蛮外衣の襟を前で合わせた恰好だ。そして、首にはおこまが用意していた紅絹《もみ》を巻き、雪が首に入るのを防いでいた。

菱沼親子もそれぞれ厳重な旅仕度で雪道をひたすら進むことになった。

院内銀山から小町堂を経て湯沢宿までおよそ四里弱、昼前には到着した。そこで昼餉を摂った。

「影二郎様、横手まで五里、無理をすれば夜半には着けましょうがどうなさいますな」

「おこま、無理をすることはあるまい。とは申せ、横手も気になる。進めるところまで一里でも二里でも進もうか」

影二郎の提案で再び羽州街道を北上する最後の行程に踏み出した。

湯沢宿からおよそ一里半、成瀬《なるせ》川に架かる橋に辿り着いたとき、七つ（午後四時）を過ぎていた。

「おこま、どうだ。この辺に旅人宿でもないか」

川を渡って半里も行った相宿十文字の宿の明かりを見た一行は、羽州街道最後の宿をこの地に決めた。

その夜、街道筋の小さな宿を地吹雪が襲い、みしみしと梁《はり》を鳴らした。だが、次の朝には地吹雪は収まっていた。

「あか、どうやら双六《すごろく》の上がりも近い。明日になれば横手城下、体も休めよう」

と飼い犬に言い聞かせて再び羽州街道への道中を始めた。

「影二郎様、男とは子が出来ると人が変わるものですか」

「忠治のことか。あやつの年をおれも正しくは知らぬ。三十路《みそじ》をいくつか過ぎた年であろう。初めての子が千太郎とするならば決して早いとはいえまい。世間では年がいって授かった子は格別に可愛いという。あやつが命を惜しむようになったとしても不思議ではあるまい」

「親分は影二郎様がどのような理由で横手まで足を伸ばされたかとくと承知です。八州廻りに捕縛されるのも嫌でございましょうが、夏目影二郎様と再会するのも辛うございましょう。親分の命の終わりを意味しますからね」

「あやつは蝮の話を聞いて逃げ出すと言うのか」

「はい」

「見てみよ、この景色を」

と立ち止まった影二郎が羽州街道の四周を眺め回した。

「辺り一面雪また雪が降り積んでおるわ。われら、道中に慣れた人間ですら難儀する雪じゃぞ。女のおれいと幼い千太郎を抱えて雪の出羽路をどこへ逃げるというか」

おこまから返事はなかった。

影二郎も迷っていた。

初めての子が生まれた忠治の行動を読めなかった。

「おこま、忠治がどこに逃げようと必ずや一度だけは夏目影二郎様に連絡をつけなさる、父はそう見た。それが国定忠治という男だ。そのあとのことは二人にお任せすることだ」

父親喜十郎の言葉に娘の答えはなかった。しばらくしておこまがこっくりと頷いていた。

天文二十一年（一五五二）、小野寺輝道《おのでらてるみち》らの軍が横手氏を放逐して朝倉山に横手城を構築した。小野寺氏はこの城を拠点に、平鹿《ひらか》、雄勝両郡を支配した。

輝道の子、小野寺義道《よしみち》は豊臣秀吉の小田原征伐に参陣して天正十九年（一五九一）には秀吉から三万一千六百石を安堵された。

その後、関ヶ原役では初め徳川家康に応じた最上義光に協力したが、のちに上杉景勝に通じたために戦後領地を取り上げられ、身は石見国津和野領坂崎家預かりになった。

こうして小野寺氏改易の後、領地は佐竹氏の領地に組み込まれた。むろん佐竹氏の本拠は秋田、その地に久保田城を構えていた。

徳川幕府は元和元年（一六一五）に一国一城令を発布した。

この触れに照らせば横手城は破却されなければならなかった。それがなぜか城も城下の武家屋敷も残されて、この地方支配の拠点としての地位を保ってきた。

横手城には伊達盛重、須田盛秀を経て、初代戸村義連に始まる戸村家が代々所預《ところあずかり》（城代）として駐在して秋田藩の支城を引き継いできた。

横手を領内に組み入れた佐竹氏は横手川の右岸の城周辺に、

「内町《うちまち》」

と呼ばれた武家地を集め、城下としての風格を留めていた。

一行は昼過ぎに横手城の堀端に到着した。

影二郎は横手川の岸辺に立つと海抜三百余尺の朝倉山の上に建てられた

「城」

の威容を眺めた。

土塁を保護するために植えられた韮《にら》は敵の登攀《とうはん》を妨げると同時に籠城の折には食料ともなった。ゆえに横手城のことを韮城と称した。だが、影二郎らが眺める横手城一帯は白一色で、名物の韮は雪下の地中に生命を保っていた。

だが、本丸を中心にした連郭式縄張の平山城《ひらやまじろ》は見事だった。

「一国一城令を免れた城はこの横手の他に大館城《おおだて》があるだけとか。城とは名ばかりの陣屋のような建物かと思うておりましたが、本丸、二の丸、武者溜曲輪《むしゃだまりくるわ》、三の丸と配して横手川を外堀に見立てた城はどうしてどうして本式な御城にございますな」

「いや、なかなかの築城かな」

と影二郎らが驚くところに、

「お手前方、どちらに参られるな」

と背後から声がかかった。

戸村家の町役人一行が影二郎らの風体を怪しんで誰何したのだ。

「われら、横手にちと所用があって参ったものにござる」

武家らしいなりは菱沼喜十郎だけだ。ここでも喜十郎が町役人に応対した。

「所用とはなんでござろうか」

町役人の追及に喜十郎が幕府の御用手形を差し出した。

「怪しい者ではござらぬ。また秋田藩とは直接関わりなき御用にござる」

喜十郎の手形を見た町役人が、

「お手前方も上州の侠徒国定忠治とやらを追ってこられたか」

「ご存じか」

「噂は流れておりますでな。じゃがわが領内は、国定忠治なるやくざの頭目が潜り込めるほど警備が緩やかではござらぬ。まず潜入は根も葉もない流言飛語の類と思うがのう」

と手形を返しながら苦笑いした。

江戸から遠いだけに幕府の国定忠治捕縛の触れもあまり切迫した感じでは受け取られていない。

「先にも関東取締出役一行が横手入りしてござるが幻の忠治探索に苦労をなさっておいでのようだ。関東からいきなり参られても横手の気風、習わしもござるでな、そうそう探索がうまくいくとは思えぬな」

「関どのご一行は城下に未だ滞在でござるか」

「上内町の武家屋敷を所望なされて日夜探索なさっておられる。そなた方も武家屋敷が所望か」

「いや、われら、町屋に宿を取ろうと思う」

とそれまで黙っていた影二郎が言うと堀端を離れた。

二

横手川の河原に流れ宿はあった。

夏目影二郎一行が、老婆おきねと孫娘さいが宿主の流れ宿の一室に滞在するようになって、三日が過ぎていた。

菱沼喜十郎とおこまの親子は毎朝横手城下に出ていったが、影二郎とあかは流れ宿を動こうとはしなかった。

影二郎は江戸から長旅の疲れを休めるように囲炉裏端で無為に時を過ごし、あかは土間の筵の上でとぐろを巻いて一日じゅう眠りに就いていた。そして、十五歳のさいが餌を与える時のみ薄目を開けて尻尾を振って好意を謝し、のろのろと立ち上がると縁の欠けた丼に顔を突っ込んだ。

「あか、ちいとは動けぇ」

と十五にしてはなりが小さなさいがあかに言いかけた。だが、あかは主人の心を読んだように流れ宿の自分の塒を離れなかった。それでも一日に二度、菱沼親子が探索に出るときと戻ってきたとき、表に出て尻尾を何度か振り、雪の河原で用を足してまた流れ宿の塒に戻った。

横手に影二郎らが到着して三日目の昼前、流れ宿の戸が開いて一人の武士が入ってきた。

囲炉裏では湿った木が燻《くすぶ》って煙を上げていた。

あかが薄目を開いたが直ぐに閉じた。見知らぬ武士だが格別敵意を感じ取れなかったからだろう。

塗笠にも蓑にも雪が降り積もっていた。

武士は影二郎に背を向けて流れ宿の土間の片隅で蓑を脱ぎ、塗笠の紐を解こうとした。

だが、手が悴《かじか》んでいるのかなかなか紐は解けなかった。

影二郎は囲炉裏端でその様子を見ていた。

竈の前でおきね婆が目やにのこびり付いた目を瞬かせた。

さいは武士が入ってきたときから、じいっと様子を見ていた。

囲炉裏端も竈の前も訪問者もだれ一人として口を利こうとしなかった。

雪に埋まった流れ宿の内部を照らす明かりは囲炉裏と竈の火だった。そして、食べ物の匂いと一緒に暖気が広くもない流れ宿に充満していた。

ようやく紐が解けたか、武士は塗笠を脱いで手にした。すると暖気で溶けかかった雪が土間にどさりと落ちた。

その瞬間、武士がくるりと身を翻し、塗笠を囲炉裏端の影二郎に向って投げた。雪に湿った笠はくるくると回転しながら影二郎を襲った。

ひょい
と影二郎が囲炉裏に上体を屈めて煙る薪を摑んで炎の中に移した。

そのせいで武士が投げた笠は、影二郎の体の上を飛び抜けて流れ宿の板壁に飛んだ。

だが、それが終わりではなかった。

武士が腰を捻り、脇差を抜くと影二郎に向って渾身の力で投げ付けた。

影二郎は炎に突っ込んだ薪を翳すと立てた。

ぶすり
と脇差の切っ先が立てた薪に突き立ち、震えた。すると今まで燻っていた薪から一気に炎が上がった。

影二郎は脇差を抜くと薪を囲炉裏に戻した。

「さすがはアサリ河岸の鬼と畏れられた夏目影二郎様にございますな。鏡新明智流の凄腕拝見仕りました」

と土間の武士が腰を折って一礼した。

影二郎が手にした脇差を、頭を下げたままの武士に投げ戻した。脇差の飛ぶ音を聞き取った武士が片手を虚空に差し上げ、己の脇差の柄を、

ぱあっ

と摑むと平然と鞘に戻し、顔を上げた。

意外と若い顔だった。

「座興を演じに横手に下向したか」

「われらが先達、火野初蔵様方六人の始末を見事になされた夏目様、それがしのような青二才の拙《つたな》き芸では座興にはなりますまい。それがし、関畝四郎にございます」

と名乗った関が腰の一剣を抜くと流れ宿の板の間に置き、草鞋の紐を解いて囲炉裏端に上がってきた。

「関畝四郎、その芸、どこで覚えた」

「それがし、関東代官羽倉外記様の元手代にございました時分、武州の代官領にていささか東軍流を学びました」

関は羽倉外記に抜擢されて関東取締出役に就いたようだ。

「さい、酒をくれぬか」

影二郎は竈の前に火吹き竹を手に未だ呆然と立つ孫娘に言った。

「忠治の行方を承知で横手に入られましたので」

いきなり関畝四郎が聞いた。

じろり
と影二郎が関を睨んだ。すると関が首を竦めて、

「ご気分を害されましたか」

「横手には雪見に参った」

「ほう、雪見でしたか」

さいが茶碗と貧乏徳利を囲炉裏端に運んできて、その後ろからおきね婆が皿に沢庵の古漬けを盛って差し出した。

「手酌でいけ」

影二郎は自分の茶碗をにごり酒で満たし、貧乏徳利を関の傍らに置いた。

「頂戴します」

とわざわざ断った関が自らの茶碗に注いだ。

「思いがけず夏目様と酒が飲めます。これだけで出羽国まで遠出した甲斐があったというものにございます」

影二郎はにごり酒を口に含んだ。

「そなた、忠治がうんぬんと申したが、あやつを捕縛する気で横手に参ったか」

関は茶碗の酒をくいっと飲み、

「横手入りするまで半信半疑にございました」

と答えた。

「夏目様が横手に入られたと知り、それがし、国定忠治がこの界隈に潜伏しておると確信を得ました」

関畝四郎は手で沢庵を摑み、ばりばりと噛むと残りの酒を飲んだ。

「そなた、おれと忠治に関わりがあると申すか」

「お二人は夏目様が火野初蔵様方を粛清して以来の盟友と、それがし勝手に察しております。改めてお尋ね申します、父上常磐豊後守様の命で横手入りなされたのでございますか」

「そなたは勘定奉行道中方の支配下、父は大目付筆頭、五街道をも支配する職掌。おれにそれを聞くか」

「身分違いは重々承知にございます」

関畝四郎は平然と影二郎を見返した。その顔には俠賊国定忠治を自らの手で捕縛するの一念が漂っていた。

「父の命ではない。そなたの手下に誘い出されたのよ」

「それがしの手下とはだれにございまするか」

「六郷の参次と名乗った男だ」

「あやつ、元々それがしの手下ではございませんでな、朋輩の道案内にございました。それが此度、道中それがしに接触して参り、忠治の出向く先に案内すると同道を願いましたので。格別邪魔になるわけでもなし、同道を許しましたのでございます」

影二郎は傍らの銀煙管を取ると見せた。

「あやつ、江戸に現われ、忠治の遺いの証拠だと銀煙管を差し出しておれを奥州に誘い出そうとした」

「ほう、それで此度の旅を始められたのでございますか」

「そなたらに追われた忠治が形見にと日光の円蔵に贈った煙管だそうな。円蔵は刑場の露と消えた。それがやつの手にある」

「なんとも訝《いぶか》しい話にございますな」

関畝四郎が思案する体で虚空に目を預けていたが、貧乏徳利に手を出し、空になった茶碗に酒を注いだ。

「夏目様、あやつの背後には何人もの影が蠢《うごめ》いておるように思えます」

「それを承知で道案内を頼んだか」

「われらが役目、汚水やごみくずから情報を得るのが仕事にございます」

と言い切った関が茶碗を口に運びかけ、

「夏目様、あやつを信用しているわけではございません。また一方で満更虚言《まんざら》ばかりを弄しておるとも思えませぬので。それが証拠に夏目影二郎様も雪見に横手に参られた」

影二郎は若いながら才気煥発《さいきかんぱつ》な関畝四郎の言葉を黙って聞いていた。

「あやつが夏目様に従っておれば、必ずや国定忠治に出会うことが出来ると考えたのは正しいかと存じます。それほど夏目影二郎様と国定忠治は見えぬ糸で結ばれておる」

「その考えにおぬしも乗ったか」

はい、と関が頷いて話柄《わへい》を変えた。

「夏目様は忠治の女をご存じですか」

影二郎は承知とも知らぬとも答えなかった。

「忠治の妾の一人に五目牛《ごめうし》村の徳と申す女がおります。この女、五目牛村の大百姓千代松の奉公人でしたが千代松の女房を追い出して自分が後釜に座った、気の強い女にございます。千代松は元々忠治につながりがございましてな、千代松が病にかかって死んだのを幸いに自ら望んで忠治の女になったのでございますよ」

影二郎はおよその話を蝮の幸助から聞いていた。

「羽倉様は、常々忠治が徳を愛するのは鷹、隼の如き猛禽《もうきん》にも等しい気性故と申されております。徳には千代松が残した一町八反の田圃に山林屋敷がございましてな、養蚕にも金貸しにも手を染めて金子には困りません。忠治もただ今では徳の金を頼りにあちらこちらと逃げ回っております」

喉が渇いたか、茶碗のにごり酒で舌を潤した。

影二郎は囲炉裏に薪を投げ入れた。

「男勝りの上州女、気風もいいし頼りがいもありますが、忠治が他の女とねんごろになるのを快くは思っておりません。夏目様、此度、忠治が独りで会津入りしてさらに出羽まで足を延ばしたとお考えになられますな？」

影二郎は答えない。

「どうやら忠治には新しい女が出来た様子でございましてな、忠治はその女に会うために出羽国横手に入ったと思えるのでございますよ。それを知った徳の怒り尋常ではございませんでな。五目牛村じゅうに忠治の女を殺すと言いふらしておるのです。徳は口にしたことは必ずや実行に移す女です。自らは上州の地を離れることができませんので、代理人を立てた」

「六郷の参次が刺客か」

「それがし、夏目様の話を聞いてそう睨みました。元々参次はわれらの道案内、二足の草鞋を履く男です。むろん徳とも知り合いです。その徳に銭で頼まれたか、なんぞの弱みを握られて脅されたか、忠治を殺す役を負ったと見て間違いございますまい」

「面白い話じゃな」

「だが、参次も盗区の上州を離れれば赤子同然、手蔓はない。そこでだれから聞いたか、忠治と親しい夏目影二郎様を江戸から誘い出したとそれがし、確信致しました」

「その参次が今やそなたの道案内だ」

ふうっ
と関畝四郎が溜息を吐いた。

「関八州を離れれば国定忠治の虚名も利くまいと考えて出羽に入ってきましたがな、意外にもこの地の者たちの口が堅うございました。われら、探索に難渋しております」

「そなたの正直な物言い、含みがあってのことか」

「いえ、忠治と親しい交わりのある夏目様のお力に縋りたく、かようにもわが心中吐露致した次第にございます」

と答えた関が姿勢を正して、

「夏目様、忠治の捕縛、それがしがなんとしてもしのけとうございます」

「おれに手伝えというか」

「いえ、夏目様には手出し無用に願います」

「今の国定忠治には、上州一円を盗区にしていた往年の力はない。放っておけば自滅致そう」

「われら、幕臣の端くれ、命が下れば地獄までも追い詰めます。もし夏目様が……」

と関が応じて不意に言葉を口の中に飲み込んだ。

「斬るか」

「それがわれらの仕事にございます」

影二郎は関の顔を見返した。

「おれは横手に雪見と申したぞ。風流に血は似合わぬ」

「そのお言葉、素直に聞いておきます」

関畝四郎が影二郎の顔を見据えた後、手にしていた茶碗を囲炉裏端に置き、

「馳走になりました」

と言うと立ち上がった。

関畝四郎が流れ宿を出ていって半刻後、

「あか、供をせえ」

と土間にとぐろを巻く愛犬に声を掛けた。

着流しの上に南蛮外衣を着込んで一文字笠を被り、無言のおきねとさいに見送られて、影二郎とあかは雪の中に出ていった。

雪の中の橋を渡った町屋裏の路地に影二郎とあかが入り込んだのは、流れ宿を出たときから尾行者に気付いていたからだ。

横手にも食売女《めしもりおんな》をおく妓楼があるのか、三味線の音が響いてきた。どことなく雅《みやび》な調べで哀愁をそそった。

「旦那、お久しぶりにございます」

影二郎とあかの前に道中合羽に三度笠の参次が立った。

「そなた、大内宿の本陣から抜けて奥州路に参ったのではないのか」

影二郎がとぼけて聞いた。

「いえそれが」

「それともこれから忠治の元へ案内すると申すか」

「夏目様が最初からわっしを信用して下さればこんな無駄な道中はしないで済みました

ぜ」

「道中双六の上がりはいつも同じよ。参次、おめえが地獄に行く前にもう一度騙されてみようか、どこなと連れていけ」

「へえっ」

さんざめく紅灯の明かりの路地奥へと参次の姿が進み、あかがその後に従い、影二郎が最後に続いた。

「参次、そなた、何者だ」

「桐生の機織問屋の小せがれ、身を持ち崩して六郷の参次に変じましたんで」

これまでと同じ履歴を繰り返した。

「人ひとり、裏もあれば表もございます」

路地を抜けると染め物屋が並ぶ明地《あきち》に出た。

夏場、染めた布を干す場所であろうか。参次は明地を抜けて武家地に入っていった。

「夏目様、わっしが桐生の機織問屋の跡継ぎってのは真実でございますよ。親父め、忠治とさしで丁半博打に誘い込まれ、すってんてんに負けて首を括って死にやがった」

「それでせがれのおめえが仇《あだ》を討とうという気を出したか」

「上州は忠治の縄張り内、いくら昔日《せきじつ》の威勢が落ちたとはいえまだまだ仲間があちらこちら残っておりますんでね、厄介だ」

「忠治が独りで出羽に来たのを幸いに仇討ちという算段か」

「まあそんな按配で」

「忠治が日光の円蔵に形見に贈った銀煙管、だれから手に入れた」

「ああ、あれですかえ。円蔵は縄張り内で斬首になったんでございますよ。となれば骸《むくろ》から持ち物まで手を回せば、いくらでも手に入りますさあ」

「忠治の妾の一人、徳が金に飽かして下人から買い取ったか」

「さすがに夏目様だ。お徳様を承知なのでございますね」

「だれぞがおれに吹き込んだのよ。おめえが徳に頼まれて忠治の新しい女を刺し殺す役を負ったとな」

「やはり関畝四郎様とお会いになったようでございますな」

「会ったは不都合か」

「関様は才気煥発の八州様だが未だ若い。夏目様相手に正面突破とは芸がなさ過ぎまさあ」

「徳に頼まれ、忠治を殺す役を務めておると関畝四郎に聞かされたが、どうもしっくりとこんでな」

「どこがしっくりと来ませんので」

「忠治はおまえ程度の野良犬は歯牙《しが》にもかけまい」

「格が違うと申されるので」

「そう言い換えてもいい。そなた、忠治の立ち回り先を探り当てたか」

「へえ」

参次の返答ははっきりとしていた。

「疑っておいでのようだ。だが、見付けたんで。偶然にもこの横手で伝馬に乗った蝮の幸助兄いの姿を見かけましてね」

「蝮は須賀川宿で捕吏《ほり》に追われて流れに飛び込み、溺死したのではなかったか」

「旦那、嘘も方便と申します」

と参次が平然と答えた。

「それにしても蝮の後を参次がつけた、なんとも間が悪い話だな」

「旦那、わっしが忠治と妾を討つ手伝いをしてくれませぬか」

「おれがなぜそなたの手伝いをなさねばならぬ」

「夏目様は忠治親分の首斬り人だ。その役目を果たして頂けばいいだけの話だ」

影二郎はしばし沈思した後、

「案内せえ」

と参次に命じた。

三

いつしか雪は止んで細い月が姿を見せていた。

雪明かりを頼りに参次が影二郎とあかを案内したのは横手所預の戸村家の下士の屋敷が連なる一帯で寺町に接していた。

寺町の裏手に欅の大木が敷地から何本も天を衝く屋敷があった。乳鋲《ちびよう》の打ちこまれた長屋門も堂々とした構えだ。

「蝮の兄いが馬を乗り入れたのはこの長屋門なんで」

「だれの屋敷か」

「戸村家とは縁が深うございましてね、佐竹様から代々七十七石を拝領する大百姓の狩《か》野《のう》十左衛門様の屋敷でさあ」

「そんなところに忠治が潜んでおるか」

「一年以上も前から若い女が移り住み、赤子を産んで今も親子一緒に離れに住まいしておりましてね、このおれいって女が忠治親分の新しい妾でございましょう」

「徳の悋気は羽州横手にまで及ぶか」

「上州女は情も濃いが悋気も強うございますよ」

「参次、おれに忠治の首を落とさせておいて、おめえはおれいという妾と赤子を始末する気か」

「それがお徳さんとの約定だ。親父の仇を討つことになりまさあ、親孝行とは思いませんか」

「奥州路に忠治が潜んでおるなどと抜かしおって、江戸からこの雪深い横手までおれを引き出したか」

「夏目様に喰らいついておれば、いつかは忠治の方からつなぎを取ってくると考えましたんで」

「大した知恵だが、どこで覚えたえ」

「八州廻りの手先なんぞやっておりますと夏目影二郎様が忠治と深いつながりを持っていることは直ぐに分かりまさあ。だが、八州様のだれ一人として大目付道中方兼職の父親を持つ夏目様には手が出せませんのさ」

「長年忠治を後追いしてきた八州廻りの手先が、おれを使って忠治の首を刎ねたと聞けば参次、おまえ、八州廻りに恨まれないか」

参次から答えはなかった。覚悟の前なのだろう。

敷地の中から馬の嘶く声が聞こえてきた。あかが懐かしげに呼応して遠吠えした。

「アオがおるか」

と呟いた影二郎に、

「いつまでも八州廻りの道案内でいるのも飽き飽きしました。此度の務めを果たした暁はお徳さんの助けで上州を離れた地で小商《こあきな》いでも始めまさあ」

「おれもおまえも忠治と妾を始末したとなるとまともに生きてはいけないぜ」

「もはや忠治一統にはそんな力は残っていませんって」

と参次は言うと土塀の外に降り積もった雪を這い上がり、身軽にも土塀を乗り越えて敷地に姿を消した。

影二郎は、

(どうしたものか)

と迷う心を胸に抱いて、ぎいっと開けられた長屋門の通用口を跨いだ。

長屋門からおよそ四十間先に雪を被った曲がり屋の母屋が堂々とあった。そしてこの門と母屋の間には防雪林が植えられていた。

「離れ屋のおよその位置は調べてございます」

「蝮も一緒か」

「いえ、兄いは奉公人が住まう長屋に部屋を貰っているようにございます」

参次は影二郎の顔色をちらりと窺い、防雪林の間を抜けて広々とした雪の庭に案内した。

雪つりを施された庭木が整然と植えられ、庭の中央には大池があって鯉でも飼われているのか、時折ぽちゃんぽちゃんと水音がした。

母屋といい、長屋門といい、庭といい、狩野家がこの横手に居を構えて古いことを示していた。

「あれでございましょう」

参次が指差した先に離れ屋があってしっかりと雨戸が閉ざされていた。

四つ過ぎか、雪国ではすでに眠りに就いている刻限だ。だが、雨戸は閉《た》てられていたが、なんとなく離れ屋の内部には人が起きている様子が窺えた。

「参次、いきなり乗り込む気か」

「忠治は敏《さと》い男だ。ぐずぐずしていたら逃げられますぜ」

参次は長脇差の柄に手をかけた。

「それより忍び入るのが先だな、参次」

と影二郎が唆《そそのか》すようにいったとき、雨戸がすうっと左右に開かれた。

「畜生、気付いてやがったか」

と参次が吐き捨て身構えた。

雨戸は開かれたが廊下も障子が閉てられた座敷も雪明かりにおぼろに様子が窺えるだけだ。

「国定忠治、年貢の納め時だぜ！」

と六郷の参次が離れ屋に叫んだ。

「だれだえ、おめえは」

と問うくぐもった声が障子の向こうからした。

「六郷の参次だ。親父の仇を討つ」

ふっふっふ
と嘯《うそぶ》き笑う声がして、今度は障子が左右に開かれた。

座敷の真中に三度笠に道中合羽を着込んだ男が胡坐《あぐら》を搔いて座っていた。雪明かりも男の風体をはっきりと照らすほどにはなかった。

「大かた、お徳に鼻薬を嗅がされて寝床に誘い込まれて骨抜きになった馬鹿者か」

「忠治、それを承知で若い妾に子を生ませたか。お徳さんはそれだけは許せねえとよ」

「お徳の悋気は困ったものよ」

「忠治、だれの銭で逃げていやがるんだ。てめえの草鞋代はすべてお徳さんから出たもんじゃねえか」

「それがどうした」

「許せねえ」

「お徳に忠治の寝首を掻いたら亭主にでもしてやると約束されたか」

「うるせえ」

と六郷の参次が長脇差を抜き、

「旦那、出番だ」

と影二郎に催促した。

座敷の真中にどっかと胡坐を掻いていた男が、
ゆらり
と立ち上がった。

「旦那、約束だ」

「参次、おまえと約定などした覚えはない」

「国定忠治の首斬り人だろうが」

と参次が迫った。

「参次、てめえの目ん玉は使いものにもならぬか」

「なんだと」

ぼおっ
と座敷に行灯の明かりが灯った。

三度笠を目深に被っていた男が縁を片手で上げた。

「てめえは蝮の幸助」

「参次、てめえのような三下奴に夏目の旦那が騙されると思うか」

「忠治はどうした！」

参次が叫んだ。

さあてな、と応じた幸助が、

「南蛮の旦那に参次って野郎が大内宿まで付きまとっていたと聞いて、おれは、ははあんと得心したぜ。親分に相談するまでもねえや。五目牛村の徳姐の悋気は尋常じゃねえ、いつかはおれいさんの事が知れると親分も気にしなさって、おれに相談したと思いねえ。そこでおれが願人坊主の頃の知り合いを頼り、出羽横手くんだりまで送り込んで子を生ませたのよ。さすがにお徳姐だねえ、そいつに直ぐに気付きなさったところは褒めておこうか。だがな、てめえみたいな三下に始末を頼んだのが運の尽きだ。南蛮の旦那にはちょいと義理を欠いたが、挨拶もなしに院内銀山から一足先に横手入りして、てめえの来るのを待っていたんだ。アオに乗り、横手の町をわざとふらふらしているとダボ鯊《はぜ》が食らいつきやがった」

影二郎が声もなく笑った。

「参次、お徳からおれ、さらには八州廻りの関畝四郎と手玉に取ったつもりのようだが、蝮が一枚上だったな」

どこか影二郎の声には安心した感じが窺えた。

「忠治と女と餓鬼はどうした」

参次が叫んだ。

蝮の幸助が座敷から廊下に出てくるとすでに草鞋履きだということが分かった。

「な、夏目様」

と参次が影二郎の様子を窺った。

「おれは確かに忠治の首斬り人と申したが、蝮をどうするこうすると約定した覚えはない。参次、おまえも上州の渡世人ならば、己の始末くらい自分でつけよ」

ぽーん

と蝮の幸助が雪の庭に飛び降りた。

くそっ!

と叫んだ参次が長脇差を抜いた。

覚悟を決めた参次は町道場で剣術を習ったというだけあって、ぴたりと構えが決まっていた。だが、忠治を追い詰めたつもりが、反対に待ち受けられていた動揺が隠せなかった。

「上州の渡世人は義理を欠いちゃあ生きてはいけねえと思え」

蝮の低い声が狩野家の夜の庭に響き、幸助が一気に間合いを詰めながら道中合羽を、

ぱあっ

と脱いで参次の前に投げ広げ、腰の長脇差を引き抜くと視界を塞がれた相手の胴を深々と撫で斬ってその傍らを一気に駆け抜けていた。

ぎえぇっ

と吠えた六郷の参次がきりきり舞いに雪の上に倒れ込み、体の下から流れ出た血が薄い月明かりに照らされた雪を染めた。

修羅場を潜《くぐ》ってきた数の違いが勝負に出た。

しばし狩野家に夜の無言《しじま》が支配した。

幸助が血ぶりをして鞘に納めながら、

「南蛮の旦那のお箱を盗ませてもらったぜ」

「道中合羽の扱いか、悪くはない考えだ」

ふっふっふ
と笑った幸助が道中合羽を拾うと背に纏った。

「旦那、ものは相談だ」

「わざわざ断ることもあるめえ」

「親分に会いなさるか」

「江戸から出羽まで釣り出されたんだぜ。このまま江戸に戻ったとあれば路銀を工面してくれた父上にも間が悪い」

「やはりな」

と応じた幸助が、

「流れ宿に立ち寄ろうか。さらに北に向かうことになるがいいかえ」

「此度の道中、道案内が六郷の参次から蝮の幸助に代わって続く。幕が引かれるのにもう一つふたつの見せ場はまだありそうだ」

と影二郎が答えて、雪の中に顔を突っ込み転がる参次を見下ろした。

翌朝、横手川の流れ宿を影二郎一行が出立したのは明け六つであった。

流れ宿では菱沼喜十郎とおこまの親子が影二郎とあかの帰りを待ち受けていた。そこへ蝮の幸助を伴った主従が戻り、囲炉裏端で半刻余り話し合いが行われた。

「忠治を追うのはわれらばかりか、八州廻りあり、悋気の妾に雇われた渡世人ありと賑やかでございますな」

と話を聞いた喜十郎が苦笑いし、

「影二郎様、われら、忠治を探して北行を続けるわけですか」

「蝮に案内人が変わっただけのことだ。流れに身を任せるしか致し方あるまい」

「大の大人が三人にあかまで引っ張りだされたんですからね、蝮の幸助さん、私どもに手土産を持たせて江戸に戻して下さいな」

とおこまが蝮に釘を刺した。

「おこま姉さんにそう念を押されるといい加減な約束もできねえや。ご一統様、親分とおれい、千太郎親子はこの横手から六里ほど離れた角館《かくのだて》に移りなさったんだ。狩野家の知り合いのところでね、さすがのおれも角館はどんなところか知らないや」

と幸助が行き先を告げた。

流れ宿の囲炉裏端で仮眠を二刻ほど取った後、羽州街道の旅を再開したのだ。陽射しが差す中に雪が静かに舞ってきらきらと光っていた。横手を離れてまず目指すのは三里先の六郷宿だ。

一里ほど歩いた小高い岡の上に城跡のようなものが見えてきた。

「ありゃ、なんでございますな」

と蝮も知らぬのかだれとなく聞いた。

雪道に立つ石柱に刻まれた字を読んだ喜十郎が、

「古戦場の金沢柵《かねざわのさく》にございますな、なんぞ書物で読んだ覚えがございます。その昔、平安時代も終わりの頃かと思います。この地を、奥六郡を蝦夷《えみし》の長の安倍氏が支配していたそうで、ところが安倍氏が朝廷に叛旗を翻したために、陸奥守だった源頼義が苦戦の末に安倍氏を滅ぼした。この戦いを『前九年の役《ぜんくねんのえき》』と呼ぶそうですが、この戦いで勲功を立てたのがやはり蝦夷の長の清原氏でございました。清原氏はこの後、陸奥、出羽一円に勢力を広げたのですが、一族の間で内紛が起こり、清原家衡《いえひら》と、その異父兄の清衡の対立に源頼義の長男の義家が加わっての激しい戦になりました。この折、難攻不落といわれた、あの金沢柵に籠城して戦った家衡側が負けて、源義家が勢力を拡大するきつかけになったと申します。この戦いを『後《ご》三年の役』と呼ぶそうな」

と喜十郎が説明し、雪道から古戦場を望遠した。

「父上、年をとると昔話が好きになると申しますが、影二郎様も幸助さんも退屈顔ですよ」

とおこまが笑ったが、

「御用旅とは申せ、このように古戦場を見られるのは目の保養だぞ」

と嬉しそうだ。

なにしろ国定忠治の引っ越し先が分かった上に同行する者は気心が知れた仲間四人だ。さらに横手から雪道とはいえ、二日もかければ辿り着く。どことなく気楽な道中だった。

六郷には昼前に着いた。

影二郎らは雄物川の流れを見下ろす茶店で昼餉を食することにした。

雪が段々と本降りになっていた。

おこまが船着場に下りて船頭に話しかけていたが、

「影二郎様、大曲河岸まで舟で参りませぬか。大曲からは角館街道を伝うことになりますが大曲までいけば指呼《しこ》の距離だそうです」

「昼から舟が出るか」

「荷舟でよければ乗せてくれるそうです」

「ならば楽旅で参ろうか」

舟旅と聞いて幸助が酒を頼んだ。

供されたのはにごり酒ではなく、上酒だった。

山菜を煮込んだ切り込み饂飩《うどん》で腹を満たし、酒で体を温めて船着場で一行を待つ舟に同乗した。

荷は院内銀山から秋田藩久保田の外湊土崎《つちざき》に積み出される銀だ。

菰《こも》包みの荷の間に雪を避けて四人とあかが身を寄せ合って座った。

「船頭、時に荷の間に人を乗せるか」

「浪人さん、この節、旅するのは大変だ。荷舟だが、おまえ様方のように娘っこに頼まれれば致し方あんめえ」

と船頭が答え、娘っこと呼ばれたおこまがにっこりと笑って影二郎を見た。

「つい数日前も小太りの渡世人を乗せただよ」

「なんと」

「赤子を抱いた若い上さんが一緒だ、致し方あんめえ」

忠治一行も雄物川の舟運を利用して角館に向かったようだ。

影二郎は雪の羽州街道を女、赤子連れで逃走する忠治の姿を脳裏に思い描いた。

その時、荷舟は船着場を離れて一丁も下っていた。すでに雪に霞み始めた六郷宿に馬群が雪煙を上げて駆け込んで、武士の一団が飛び降りるのが見えた。

遠目にも関畝四郎らだと影二郎は見当を付けた。

「蝮、横手からは連れもおらぬと思うていたが、関らに感づかれたぞ」

「どこから洩れたのでございましょうな。参次の骸もきちんと片付けるように手配はしてきたんですがね」

と蝮の幸助も首を捻った。

「上手の手から水が漏れて、また厄介旅だぞ」

「致し方ございませんや、希代の渡世人の親分が相手だ。八州様もそう簡単に諦められないのでございましょうよ」

と嘯いた幸助は、

「船頭さん、火種を持ってねえかえ」

と煙草入れを腰から外した。

四

角館は雪の中にあった。

奥州を東と西二つに分かつ奥羽山嶺の西、横手盆地の最も北に位置するのが角館だ。横手、盛岡、本荘を結ぶ要衝の城下町であり、出羽と陸奥を結ぶ角館街道の基点でもあった。

城下町角館の歴史は、慶長七年（一六〇二）に秋田藩主佐竹義宣の実弟、蘆名《あしな》盛重がこの地に入ったときに始まるという。だが、元和元年（一六一五）の一国一城令によって角館城は破却された。そこで盛重は城があった古城山の南側に新しい居宅と町の整備を始めた。

東西と南北に交差して走る二本の幅十数間の火除け地で区画された北側に内町、武家地が置かれ、蘆名氏の家臣団がこの一角に屋敷を連ねた。

しかし、蘆名家は創家から五十年余りで断絶し、佐竹一門北家と呼ばれる佐竹義隣《よしちか》が統治することになった。

義隣は京の公家から佐竹北家に養子に入った人物で、正室も京から迎えた。九歳まで都に育った義隣はこの出羽の地に京文化を伝えた。

寛文四年（一六六四）、二代義明も京の三条西家の姫様を嫁に迎え、その折、都を離れる姫君は京の風情や景色を偲ぶように三本の桜の苗木を持参したという。歳月が流れ、この苗木、

「千百の糸を垂れている桜はその長きこと百尺」

と嘆声されるほどに成長した。そして、京から遠い出羽の地に根付いた枝垂れ桜は角館を彩る春景色になった。

角館の武家地に張りつめた緊迫が走った。

蘆名家への奉公に続いて佐竹北家にも仕えてきた重臣の黒田家を武装した一団が取り囲んでいた。

遠く関東から出張ってきた関東取締出役の関畝四郎らが佐竹北家の協力を得て、黒田家を取り囲む姿だった。

敷地数千坪に及ぶ黒田家を所々に覗き窓を設けた黒板塗り塀、簓《ささら》子《こ》塀が囲んでいた。

遠く離れた距離から心臓を射抜くという撃ち方二人が英吉利製元込め式のエンフィールド連発銃を抱えて表門の奥に消えた。

その様子を遠く離れた寺の境内から夏目影二郎らが見ていた。

「蝮、ひと足先に関畝四郎に仕掛けられたぜ」

影二郎ら一行は六郷外れから大曲河岸に荷舟で楽々と到着した。だが、大曲の船着場に上がったとき、雪が激しく降り出し、角館への徒歩行を拒んでいた。

「いくら関畝四郎といえどもこの雪では難渋していよう。われらも大曲で雪待ちして角館に参ろうか」

と大曲の旅籠に投宿した。

激しい雪は二日二晩降り続き、三日目の朝、ようやく小降りになった。

早速大曲を出立した一行は、積もった雪に悩まされながらも夕刻角館に辿り着いた。

すると角館城下が騒然として、

「国定忠治が女房、赤子連れで黒田様の離れ屋に潜んでなさる」

と町衆が恐ろしげに噂し合っていたのだ。

影二郎らは黒田家に急行したが、関の執念にもはや手も足も出なかった。

「どうするな、蝮」

「旦那」

と蝮の幸助も言葉がない。

「よし、関畝四郎に掛け合ってこようか」

「掛け合うってなんぞ知恵がございますので」

「この期に及んで知恵などないわ。忠治が射殺《いころ》されるなればせめて間近で見たいと思うただけよ」

その場に菱沼親子と蝮の幸助を残し、雪を被った一文字笠に南蛮外衣を着込んだ異形で黒田家の表門に向かった。

「何者か」

佐竹北家の家臣が黒柄《くろえ》の槍の穂先を影二郎に突き出した。

「関畝四郎どのはおられるか」

影二郎の声に陣笠を被った関が門内から姿を見せた。

「夏目様、もはや手出しは無用に願います」

厳然たる関東取締出役の命だ。

「手出しなどする気は毛頭ない。一代の俠客が出羽角館の地に斃れるとなれば見物よ、この目で確かめたいと思うただけだ」

決死の様子の武士が二人の所に走り寄り、

「関様、すべて手配り終えましてございます」

と報告にきた。

「夏目様、最前の言葉に嘘偽りはございませぬな」

「二言《にごん》はない」

「ならばそれがしと」

と関畝四郎が影二郎の同道を許した。

黒田家の離れ屋は、敷地数千坪の西側檜木内川《ひのきないがわ》に寄ったほうにあった。

その離れ屋を佐竹北家の鉄砲隊と関が同道してきたエンフィールド連発銃の撃ち方二人が囲んでいた。

玄関戸口は捕り方が外したか、式台の向こうに障子戸が見えていた。

不意に雪で覆われた離れ屋の格子窓にぼおっとした明かりが灯り、玄関式台奥の障子に小太りの影が映じた。

おおっ
というどよめきが包囲陣から上がり、

「国定忠治、関東取締出役関畝四郎である。観念してお縄を頂戴せえ！」

と関が凛然とした声を張り上げた。すると障子の影が無言で長脇差を抜き放ち、抵抗の構えを見せた。

「抵抗致さば撃ち殺す。女子供とて容赦はせぬ」

忠治の影が赤子を抱いた様子があった。その足元で女の影も動いた。

「忠治、名を惜しめ」

関畝四郎が赤子を道連れにしようという忠治を諫《いさ》めた。

忠治の長脇差が赤子に突き付けられた。

最前まで霏々と降り続いていた雪も止んでいた。

時が止まり、ただ一同は関畝四郎の決断を待っていた。

「忠治、女、子供は助ける。そなただけ出て参れ！」

関畝四郎の最後の命に忠治が長脇差を振り上げた。

「撃ち方、構え！」

関が最後の命を下し、

「撃て！」

の合図とともに黒田家の離れ屋を囲んだ鉄砲隊の銃が一斉に火を噴いた。

障子戸の向こうの忠治が赤子を抱いたまま障子に突進しようとして何発もの銃弾を体に浴びて立ち竦んだ。

離れ屋から悲鳴と絶叫が上がった。

銃弾に撃ち砕かれて障子に穴が開き、格子窓が折れて吹き飛び、銃撃は何連射も何連射も繰り返された。

障子が吹き飛び、雪明かりにおぼろに浮かんだ。

ざんばら髪に血塗《ちまみ》れの貌、縞の道中合羽も袷《あわせ》も鉄砲玉にずたずたに破れていた。

忠治はそれほどの鉄砲玉を浴びながら、仁王立ちになって赤子を抱き、長脇差を振り翳していた。

鉄砲玉が体に当たる度に忠治の体がくねくねと動いた。

行灯の明かりが鉄砲玉に打ち砕かれて倒れたか、屋内に火が走った。

それでも関畝四郎は銃撃を止めさせようとはしなかった。

「もうよかろう」

影二郎の声に関が射撃を止めた。

それでも関が伴なってきたエンフィールド連発銃の撃ち方は銃を構えていた。

時間が止まっていた。

必死で立っていた忠治の体が大きく揺れて、踏み止まった。

関畝四郎の手が静かに上下した。

その瞬間、エンフィールド連発銃が火を噴き、鉄砲玉が忠治の胸に吸い込まれていった。

よろり

と揺れた忠治の体は巨木が崩れ落ちるように斃れていった。

音が止んで角館に森閑とした静寂が戻っていた。

鉄砲玉に倒された行灯の火が燃え広がり、離れ屋全体を包もうとした。

関畝四郎が影二郎の顔を見た。

影二郎は玄関へと歩を進めた。すると直ぐに関が従ってきた。

今や炎は床や天井を走って離れ屋を嘗《な》めつくそうとしていた。

二人は式台から国定忠治の壮絶な死の現場へと上がり込んだ。

影二郎は見た。

忠治が抱いていたのは晴れ着を纏った姉様人形だった。

何十発の鉄砲玉を身に喰らったか、血に塗れた忠治とおれいの体はぼろ切れのようにずたずたにされていた。

硝煙と血の臭いが入り混じり、炎が二人の体の上を走った。

影二郎が骸に向かい合掌した。

「夏目様、国定忠治にございますね」

関畝四郎が念を押した。

「江戸への証拠がいろう。炎の中から忠治とおれいの骸を運び出せ」

それが影二郎の答えだった。

関畝四郎が頷くと待機していた手下と佐竹北家の家来らに無言で合図した。

影二郎も関も燃え上がる離れ屋から外に出た。

「これで来四月の上様の日光社参は無事終えられます」

「忠治がいようといまいとご大層な行列に変わりないわ。関畝四郎、そなたが一番承知であろうが」

影二郎がその言葉を残して角館黒田家の離れ屋を立ち去った。


角館から奥州街道の盛岡城下まで十五里だ。

影二郎と菱沼喜十郎おこま親子の三人とあかは、天保十三年の大晦日を角館街道生保《お ぼ》内《ない》宿から北に入った乳頭《にゅうとう》の湯で迎えた。

先達《せんだつ》川の上流、乳頭山の西麓にある秘境の湯で、川沿いに鶴の湯、黒湯、蟹場の湯、孫六の湯、妙乃湯《たえのゆ》、大釜の湯の六軒の湯治宿が点在していた。

秋田藩佐竹家の藩史にも元和二年（一六一六）に家老の妻女が湯治治療したと記録されるほど、秋田城下にも知られた古い湯だ。

影二郎らが角館から奥州街道盛岡に抜けようとして生保内でこの湯のことを知り、

「喜十郎、おこま、そなたらにも無駄足を踏ませたな。江戸に急ぎ戻っても父の御用が待ち受けておるだけだ。奥出羽まで足を延ばして名湯に入らんでは江戸に戻って悔やむだけだ。大晦日を山中の秘湯で過ごすのも旅の一興、付き合え」

と乳頭温泉郷の鶴の湯に誘ったのだ。

この湯治宿、元禄十四年（一七〇一）に建てられ、秋田藩の本陣としても利用されたという。

竹串に刺した岩魚《いわな》が香ばしい匂いを漂わす囲炉裏端でしみじみと酒を酌み交わす三人の耳に山寺で打つ除夜の鐘が響いてきた。

「天保十三年も去っていきますな」

喜十郎が呟いた。

「蝮の幸助さんは今頃どこでどうしておられるのやら」

おこまも洩らした。

あの夜、角館黒田家の離れ屋から近くの寺の境内に戻ると菱沼親子とあかだけが影二郎を迎えた。

「終わった」

「終わりましたか」

影二郎と喜十郎の交わした言葉のすべてだ。

蝮の姿はどこに行ったか、もはやなかった。

以来、三人の間で忠治のことも蝮の幸助のことも話題に上ることはなかった。

「忠治親分のおかげで思いがけなくも奥羽の山奥の湯に浸かることが出来ました」

おこまが遠い昔を懐古するように呟いた。

「忠治親分が消えた上州一円はどうなるのでございますか」

ほっくりと焼けた岩魚の竹串を手にしたおこまがだれにとはなく呟く。

「変わりはあるまい、第二の忠治が現われるだけよ」

「父上、ございませぬか」

「水野様の天保の改革が一向に進んでおらぬのはおこま、影御用を勤めるわれらが一番承知じゃあ。国定忠治は悪政の谷間に咲いた徒花《あだばな》だ、咲いていては面倒、散っては寂しい。だが、上州の暮らしがよくなるわけではない。忠治に代わる者がその内、現われるわ」

喜十郎の言葉はいつになく虚無に満ちていた。

「幸助さんは忠治親分の供をして江戸に向かっておいででしょうね」

おこまが忠治の亡骸《なきがら》を移送する関畝四郎らの一行の後になり先になりして密やかに付

き添う幸助の気持ちを思いやった。

「酒の火照りを湯で冷ましてこよう」

影二郎が親子に言い残して雪が降る外湯に向かった。

未だ除夜の鐘は鳴り続けていた。

広い湯にはだれ一人いなかった。白一色に囲まれた乳白色の湯に影二郎は身を浸けた。

雪で作られた土手に赤い色が浮かぶのは南天の実か。

影二郎は両眼を閉じると身を湯に委ねて、じいっとしていた。

煩悩の鐘が百八つを最後に夜のしじまに消えていった。

湯が揺れた。

独り湯と思うた湯にもう一つ頭が浮かんでいた。それがゆっくりと影二郎の前へと近付いてきた。

影二郎は閉じていた眼を見開いた。

雪が止んでいた。

国定忠治の髭面があった。

「南蛮の旦那のことだ、からくりは最初《はな》から見破っていなさったか」

「忠治、おまえ、身代りを立ててまで生きたいか」

「怒っておいでか」

影二郎は答えない。

「横手外れから荷舟に乗り、一旦は雄物川河口の久保田城下外れの土崎湊に辿りつきましたのさ」

忠治は最初から角館には行く気はなかったのだ。

おれいという若い妾と赤子を抱えての道中だ。

とくと考えれば雪の羽州街道を北行など無理なことだった。そこで雄物川舟運を利用して、北前船が立ち寄る秋田藩の玄関口、土崎湊に向かったのだ。

雄物川の中州に停泊する北前船に潜り込めば関八州を避けて敦賀《つるが》にも摂津にも行けた。

「六郷から乗った船頭め、おまえ一行らしい三人連れを客にしたとは言ったが、どこで下ろしたとは言わなかった」

「土崎湊に辿り着いたがね、旦那に会わずに行くのも面目ねえや。こうして雪の角館街道に独り戻ったことで許してくんねえ」

と忠治が詫びの言葉を口にした。

「身代わりはだれだ」

「三波川《さんばがわ》の惣六《そうろく》と女房のおせんだ。おれの人相書が出回ったとき、国定村無宿忠次郎、

一、中丈《ちゆうたけ》殊《こと》之外《のほか》太り候方《ほう》、一、顔丸く鼻筋通、一、色白き方、一、髪大たぶさ、一、眉毛こく其外常軀　角力《すもう》取《とり》共《とも》相見《あいみえ》申候と書かれたな。その人相書を持って惣六がおれに会いにきたと思いねえ。惣六は、親分、この人相書はおれとそっくりだ、今度はおれが親分の役に立つときだとおれの影武者を務めてくれることになったんだ」

「なんぞ惣六に貸しがあったか」

「何年前かねえ、年貢が払えねえで娘を売りに出すか、一家が首を括るかというときに何がしか銭を放りこんだ」

「それで身代わりか」

忠治はしばしなにも答えなかった。

「南蛮の旦那、おめえさん、身代りまで立てて生きたいかと尋ねたな」

影二郎も答えない。

「赤子が出来て未練が出たというのが正直な気持ちよ。悪いか、旦那」

「居直るな、忠治」

「関畝四郎様は名を惜しめと叫んだそうだな」

この言葉を知るのは蝮の幸助の筈だ。ということはあの騒ぎの後、忠治と幸助は会ったということか。

「忠治、おれとおめえには貸し借りなしだ。だが、此度の身代り騒動、釈然とはせぬ」

「おれがなにをすればいい」

「今年の四月まで関八州に立ち入るな」

「公方様の日光詣での間だな」

忠治が湯に浸けていた片手を差し出した。すると抜き身の刃物が持たれていた。そいつをいきなり大たぶさに当てた忠治は思い切りよくばっさりと髷を落とし、

「こいつが証文代わりだ」

と影二郎に差し出すと、
すいっ
と影二郎の前から離れていった。

影二郎の鼻腔に大たぶさから忠治の汗と鬢付《びんつ》け油が漂ってきた。

夜空から雪がまた静かに舞い始めていた。

(新しい年が始まった)

と影二郎は胸の虚ろを感じながら湯に身を浸していた。

解説

二《ふた》上《がみ》洋《ひろ》一《かず》
（文芸評論家）

佐伯泰英氏が文庫書下ろし百冊の記録を達成したというニュースを聞いたのは、記憶に新しいことである。百冊を書き下ろすだけでも、大変なことなのに、一九九九年一月の『密命　見参！寒月霞斬り』に始まり、二〇〇七年六月の『初心　密命・闇参籠』まで、わずか八年余で達成したというのだから、これは大変な偉業であり、驚きというしかない。

この間、佐伯泰英氏は、多くのシリーズを手がけ、たくさんのヒーローを世に送り出した。「狩り・始末旅」シリーズの夏目影二郎、「吉原裏同心」シリーズの神守《かみもり》幹《みき》次郎《じろう》、「居眠り磐音江戸双紙」シリーズの坂崎磐音《さかざきいわね》、「密命」シリーズの金杉惣三郎《かなすぎそうざぶろう》と金杉清之《せいの》助《すけ》、「酔いどれ小藤次留書」シリーズの赤目《あかめ》小藤次《ことうじ》等々……。十本のシリーズが書き続けられた。

この事実から一つの結論を出すことが容易である。まず時代小説は面白くなければいけない。これは絶対条件である。そして、時代小説はカタルシス作用がなければならない。これは時代小説の必要条件である。佐伯泰英氏の時代小説は見事にこの条件をクリアしているから、多くの読者に支持され、熱狂的な読者を持つことができたのである。

佐伯泰英氏は百冊達成を記念して出版された『佐伯泰英！』のロングインタビューの中で、自分の作品についてこう述べている。

〈私の小説の基本はうそごと、絵空事ですからね。一瞬いまの自分の状況を忘れられる。……だって現実社会がなんとも切なくきびしいですからね。だから、読物の作者として、こんなふうにして読んでいただいてるんだなあと思いますね〉

これは、余命三カ月と宣告されたガン患者が、自分の生と死を見つめ、最期の最期まで佐伯作品を読みながら、従容《しょうよう》として死んでいったという事実を知って、語った言葉である。

絵空事といえば言葉は軽い。しかし、時代小説と歴史小説の違いはここにある。歴史小説は、歴史という事実の積み重ねの中で、実際に生きていた登場人物の生き方を描く物語であり、時代小説は流れていく歴史の中に、実在した人物や架空の人間を点綴《てんてい》して、物語を創作していく小説なのである。

だから〈物語の登場人物の性格とかいちいちメモなんかしてないです。書いたときに覚えているだけで、そのときに向かい合う感覚を大事にする。人物が動き、映像が変化するというか、僕の場合、まったく構成を前もって立てないですからね。

新しい小説を書く場合、風景を思い浮かべる。夕暮れ、驟雨が降っている。女が独り寺の山門下で雨宿りしている。雷が鳴り、稲妻が走って女の横顔に笑みが浮かぶ。そんな光景があれば僕の物語は展開し始める〉

ちょっと長い引用になったが、これこそ佐伯泰英氏の創作方法なのであった。お気づきのように大変映像的である。

本作『忠治狩り』は『八州狩り』で始まる「狩り」シリーズの十三番目の作品である。十本を数える氏のシリーズをすでにお読みになっている方も多いにちがいない。当然、佐伯泰英氏の経歴も熟知しているだろう。しかし念のため、そして初めて佐伯作品に触れたという方のために、簡単に氏の経歴を書いておこう。

佐伯泰英氏は一九四二年に北九州市で生まれた。日本大学芸術学部を卒業。七一年より約四年間スペインに滞在し、闘牛の社会を取材し、それをテーマに写真やノンフィクションを発表していた。その後国際冒険小説家として活躍した。氏の作品が映像的であるのは、この経歴と無縁ではあるまい。

しかし、冒険小説家としての佐伯氏はけっして多作家ではなかった。私が初めて氏の作品を読んだのは、八八年の『暗殺の冬カリブへ走れ』であったが、佐伯泰英氏のスペインにかけた情熱は、八〇年代前半の『闘牛士エル・コルドベス1969年の叛乱』や『アルハンブラ　光の迷宮風の回廊』で理解できるにしても逢坂剛が翌年の日本推理作家協会賞を受賞する『カディスの赤い星』を発表したのは八七年であったし、「暗殺者グラナダに死す」でデビューしたのは、八〇年のことであったから、どうしても後塵《こうじん》を拝さざるをえなかった。

一時期ブームであった冒険小説も八六年に志水辰夫の『背いて故郷』、景山民夫の『虎口からの脱出』、八八年から八九年にかけて船戸与一の『猛き箱舟』『伝説なき地』などが次々に世に出て、ようやく下火になりつつある時期なのであった。

そのせいか、佐伯泰英氏は九四年に『犯罪通訳官アンナ　射殺・逃げる女』へと方向を転じ、『神々の銃弾』で新機軸の警察小説かと大いに期待をふくらませたものであった。九九年に、時代小説に転進するまでの佐伯泰英氏は、寡作《かさく》の作家の印象が強かった。

しかし、時代小説に転じてからの氏の作品の質と量を見れば、いかにこのジャンルが氏に適していたかは論じるまでもないだろう。それは、多分いくぶんかのテレを交えて「絵空事」という氏の創作姿勢と不可分ではない。

すでに指摘したように、歴史小説が歴史の実の部分に光を当てた小説であり、時代小説が虚＝フィクションと実＝歴史的事実をより合わせて作り上げているのは、自明である。佐伯泰英氏はその手法の名手ということができる。

とりわけ「狩り・始末旅」シリーズの十三作目に当たる本作『忠治狩り』は、素晴らしい力作である。これは佐伯作品全てにいえることなのだが、まずキャラクターが魅力的である。父は旗本三千二百石、常磐豊後守秀信《ときわぶんごのかみひでのぶ》で、勘定奉行から大目付になったが影二郎は妾腹のため、祖父と祖母の家で暮らすことになる。剣は鏡新明智流《きょうしんめいちりゅう》・桃井《もものい》道場の鬼とうたわれ、差し料は「先反佐常《さきぞりすけつね》」の豪刀で脇差は「粟田口国安《あわたぐちくにやす》」……とにかく、主人公夏目影二郎だけでなく、萌《もえ》、若菜《わかな》、おこま、あから脇役の魅力、南蛮外衣、唐かんざし、一文字笠などアイテムの見事さ、国定忠治や蝮《まむし》の幸助ら本来なら敵役の役割をになっているキャラクターの人間味等々……この物語に出てくる全ての事柄が魅力に富み、読者の心を暖かく包むのである。これがカタルシス以外になんと呼べるだろう。

個人的な好みだけでいえば、刀と桃井道場について書きたいのだが、スペースの関係もあり、物語の中へ具体的に話を進めていきたい。

「狩り・始末旅」シリーズは「旅」の多いのが特徴の一つなのだが、『忠治狩り』は中でも際立った設定で、興味を引き出してくれる。それは「旅」に追いつ追われつの状況が加わっているからである。物語に、追いつ追われつの要素が入るとスリルとサスペンスが加味されるのは、当然の帰結である。古今東西、この種の傑作は多い。古典的名作をいくつかあげると、ギャビン・ライアルの『深夜プラス1《ワン》』は主人公のガンマンのキャラの素晴らしさに加えて疾走するカーの生み出すスリルが、作品を飾っていた。野村胡堂《こどう》の『三万両五十三次』は三十個の千両箱を江戸から京に運ぶ旅で、それを奪おうとする者と守る者との知恵の闘いが読者の血を沸かせたのである。山田正紀の『謀殺のチェス・ゲーム』も忘れられない作品である。『忠治狩り』はその中に加わったのである。

追うものは主人公夏目影二郎。追われるのは心の友であり、義侠の博徒・国定忠治。影二郎は忠治を斬らなければならない辛い密命を受けている。更に影二郎を追う赤装束の女忍者軍団がいる。ここには、二重の追いつ追われつの構造が設定されているのである。

舞台は雪の東北地方。江戸から日光を経由して秋田の角館《かくのだて》まで、手に汗握るスリルとサスペンスが展開されるのである。日光街道、会津西街道、羽州街道と続く旅は、決して楽なものではない。重い任務を背負い、手強い赤装束の女忍者の集団に追われながら、いささかもさわやかさを失わない夏目影二郎の魅力を、読者である私たちは素直に楽しめばよいのである。

ストレスの多い現代社会において、カタルシス作用を促進するには、佐伯泰英氏の作品は最強の味方といってよい。それは氏の作品が、単に面白ければいいというだけの、「知」の要素だけで成り立っているからでないことは、佐伯泰英氏の作品を、どれでもいいから一冊読んでみれば、すぐに理解できるであろう。

繰り返しになるけれども、氏の作品は歴史小説ではなく、時代小説である。物語の中には、妾腹の子で一時はぐれていたが、魅力的な剣客に成長した影二郎を中心にして、あか、料亭嵐山《らんざん》の添太郎《そえたろう》といく、仲間である菱沼喜十郎《ひしぬまきじゅうろう》とおこま、妻である若菜、鳥越の住人である浅草弾左衛門《あさくさだんざえもん》ら、いろいろな身分のいろいろな人たちが描かれている。

作者である佐伯泰英氏の視座は暖かで、共感に満ちた素晴らしいキャラクターを描くことで、物語に光彩を添えてくれるのである。それが「情」に他ならない。この「知」と「情」の融合が佐伯泰英氏の作品の素晴らしさであり、大きな特徴なのである。

文庫百冊書下ろしの偉業を達成し、ベストセラーを連発する佐伯氏の読者として、ご健康に留意され、ますます私たちを楽しませてくださいと、祈ること切なるものがある。

光文社文庫

文庫書下ろし／長編時代小説
忠治狩《ちゅうじが》り
著者　佐伯泰英《さえきやすひで》

2008年7月20日　初版1刷発行

発行者　駒井稔
印刷　豊国印刷
製本　ナショナル製本

発行所　株式会社　光文社
〒112-8011　東京都文京区音羽1-16-6
電話　(03)5395-8149　編集部
8114　販売部
8125　業務部

ISBN978-4-334-74455-7　Printed in Japan

組版　豊国印刷

お願い　光文社文庫をお読みになって、いかがでございましたか。「読後の感想」を編集部あてに、ぜひお送りください。
　このほか光文社文庫では、どんな本をお読みになりましたか。これから、どういう本をご希望ですか。どの本も、誤植がないようつとめていますが、もしお気づきの点がございましたら、お教えください。ご職業、ご年齢などもお書きそえいただければ幸いです。当社の規定により本来の目的以外に使用せず、大切に扱わせていただきます。

光文社文庫編集部